生命，因阅读而美好！

One Last Thing Before I Go
在我离开之前

[美]强纳生·崔普尔　著

陈岳辰　译

ONE LAST THING BEFORE I GO BY JONATHAN TROPPER

Copyright:©1999 BY JONATHAN TROPPER

Simplified Chinese edition copyright:
2016 Changsha Senxin Culture Dissemination Limited Company
Published by arrangement with Writers House,LLC through Bardon-Chinese Media Agency
All rights reserved.

版贸核渝字（2016）第 025 号

图书在版编目（CIP）数据

在我离开之前/（美）崔普尔著；陈岳辰译. — 重庆：重庆出版社，2016.9
ISBN 978-7-229-11189-2

Ⅰ.①在… Ⅱ.①崔… ②陈… Ⅲ.①长篇小说—美国—现代 Ⅳ.①I712.45

中国版本图书馆 CIP 数据核字（2016）第 102730 号

在我离开之前
ZAI WO LIKAI ZHIQIAN
[美] 强纳生·崔普尔 著　陈岳辰 译

责任编辑：袁　宁　钟丽娟
责任校对：刘小燕
装帧设计：罗四夕

重庆出版集团　出版
重庆出版社

重庆市南岸区南滨路 162 号 1 幢　　邮政编码：400061　http://www.cqph.com
三河市鑫金马印装有限公司印刷
重庆出版集团图书发行有限公司发行
E-MAIL:fxchu@cqph.com　　邮购电话：023-61520646
全国新华书店经销

开本：880mm×1230mm　1/32　印张：9.625　字数：198 千字
2016 年 9 月第 1 版　2016 年 9 月第 1 次印刷
ISBN 978-7-229-11189-2

定价：32.80 元

如有印装质量问题，请向本集团图书发行有限公司调换：023-61520678

版权所有　　侵权必究

如果你问我,在我死去之前最想做什么,
我会告诉你,我想做个好一点的男人、好一点的爸爸……

1

星期二，距离前妻再婚只剩下不到三周的时间，而再过几天以后，席佛就会觉得自己想通了，如他这般惨淡的人生没有理由再继续下去。大概在七年又四个月以前，狄妮丝因为诸多很有道理的原因与他离婚了。约莫八年前，他参与的弯雏菊乐团发行了第一张，也是唯一一张专辑，专辑里头的单曲《支离破碎》爆红，那年夏天好像全世界都一起唱着这首歌，于是他们跻身摇滚巨星之列。可是星星很快就陨落了，只能捕捉到一瞬间的璀璨——然后他又被抓了两次：第一次是因为酒驾，第二次是因为召妓。如果可以的话，席佛很想向人解释，但他对那段时间记忆模糊，总觉得那只是某个口口相传、已经埋没在历史中的遥远传奇。经过唱片公司的背后运作，主唱派特·迈瑞迪在单飞之后人气扶摇直上，贝斯手丹尼、吉他手雷伊和身为鼓手的席佛，只能灰溜溜地跑回了榆溪市，只能缅怀着往日的荣耀，面对此后无望的人生。无处可去的席佛想回家，却发现狄妮丝已经换了门锁，也请好了律师，准备好了离婚。

逝者已矣，来者可追，总之，这个星期二已经是在犯尽无数错误的八年后。不管你信不信，席佛现在四十四岁，身材走样、心情忧郁——只是他不确定有理由的忧郁是不是还能称之为忧郁"症"。至于理由到底是什么呢？或许只是悲哀、只是寂寞，又或者只是每天在苦闷中觉察到逝去的一切已经无法挽回。

每个星期二，是杰克和席佛捐献精子的日子。

"那是婚戒？"

他们乘着杰克那辆已经有十年历史的宝马敞篷车在高速公路上驰骋，杰克注意到席佛手指上的戒指。杰克假装知道歌词似的跟着震耳欲聋的流行音乐哼唱着，席佛则心不在焉地用手指敲打膝盖应和节奏。两个人年纪相仿，也都在人生路上历尽沧桑，犯了一连串史诗级的错误。

席佛忘记摘下戒指了。他到底这么戴着多久了呢？几个钟头？说不定好几天了。他的手指从结婚那天就留下一个凹陷的印子，每回将戒指套进去，就好像机械零件那样密合，所以很容易就会忘记它的存在。被杰克这么一说，席佛懊恼地将戒指取下来塞进口袋，与零钱碰撞出一阵子叮咚声。

"怎么回事啊，席佛？"杰克得扯嗓子大叫，不然压不过公路上的喧嚣声、车里的音乐和席佛耳边绵延不绝的耳鸣。席佛的耳鸣时好时坏，没找到什么治疗办法，也没听说有人为这种疾病办什么铁人三项或成立基金会做研究。反正他得一个人面对。

"只是戴着玩。"

"真的是结婚戒指啊？"

"不然应该是什么？"

"我哪知道，还以为只是你出门时乱买的。"

"我没事干吗买假的结婚戒指？"

"那你都离婚十年了，没事干吗戴结婚戒指？"

"七年而已。"

"好，我接受纠正，那就七年吧。"

杰克脸上闪过一抹奸诈的笑容，仿佛在说"我比你还了解你自己"，而这总让席佛有个冲动想伸出食指朝他一边眼窝戳下去，然后绕过鼻梁后面，从另一眼穿出来，最后用力一钩，将他整张脸都扯下来。

"怎么了吗，席佛？"

"还能怎么了？我都四十四了，还能捐精就能领到七十五美元，美梦成真哪。"

杰克冷笑道："这可真是最好赚的钱了。"

即便与杰克相处久了，席佛还是怀疑他究竟是真蠢，还是装出来的。两个中年离婚男子的友谊起自于互相看不顺眼，谁叫他们好死不死都住在凡尔赛宫的同一层楼呢。杰克总觉得席佛一脸忧郁，席佛总认为杰克是白痴，而且两个人都说得对极了。

他们的目的地是布莱契皇家医学研究中心的分部，而辛勤的代价是一周有七十五美元的营养费。

这是个药物试验，是杰克在网络上找到的，据称是针对精虫活动力过低的问题开发非荷尔蒙疗法，不过是副作用也很多，比如情绪波动、头晕目眩，以及最奇怪的是性欲降低。而这所有的介绍就在短短的二十分钟内，由试验负责人不带

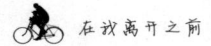

一丝嘲弄地解释完毕。

　　没有人想了解那个经过工业用消毒水疯狂喷洒的小房间是什么模样。里头破烂的色情杂志连他都不愿意碰，因为不知道多少双黏糊糊的手曾经翻过。有一台小电视摆在摇摇晃晃的宜家的架子上，旁边的小柜子有几片 DVD。同样的，没有人想知道为什么他不愿意坐下来看影片，只是站在房间中央、裤子褪到脚踝，心里会想着年轻时和他发生过关系的女孩们。

　　但一如往常，在他真的射在样本杯里，塑料被碰撞出微弱的声音之前，尽管他再怎么坚定，脑海里总会浮现狄妮丝的脸庞。她蹙起眉头，流露出惯常的轻蔑，剥夺了席佛体内残存的那么一丝渺小快感。

　　伴随着最后的哀伤低吼与一阵紧缩，以及冰冷湿滑的湿巾，隔着杯子的塑料层，他指尖还可以感受到自己液体的热度——来自于他的东西里，也没几样还这么有生命力了。

2

已经完事的杰克在外头大厅与接待小姐聊天。那位小姐脸很尖、下巴长了内分泌失调所引起的成人痘痘，其实并不是杰克喜欢的类型，他只是喜欢与人混熟一些，才不会错失任何机会。

杰克是房地产中介员，习惯手指夹着名片塞在人家手里，那手法几乎和扒手没两样，只是方向反了过来，一个不小心对方身上就会多件东西。他讲话有点拽，好像一切都在掌握中——无论是要带对方上床，还是带对方去看一件殖民风格的独栋住宅都一样。其实呢，工作和钓女人对他而言是一体两面，在他还没离婚时就一直是如此，所以出状况也是迟早的问题。当时有个波多黎各女酒保趁他晚餐时间突然跑去他家里，用西班牙语骂得他狗血淋头，结果他老婆先是拿着厨房的肉槌追杀他，后来又带着一群律师将他团团围住——他岳父开了间律师事务所，聘请的都是常春藤名校毕业生。

"他出来啦！"杰克大声嚷嚷，想必接待处所有人都听见了吧："你是怎么啦，该不会还先出去吃晚餐了吧？我差

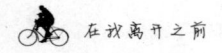

点要叫薇琪进去救你了。"

薇琪浅浅笑了笑，看起来有些尴尬又有些生气，但好像也觉得这是种赞美。杰克的口才确实很好。

"我没事。"席佛将东西交给薇琪，两人视线没有相交，薇琪将支票塞进他手里，交易就这么完成了。虽然杯子本身不透明，但将自己的产物交到小姐手上，这个举动无论如何都令人浑身不自在。

"干得好。"杰克拍拍他的背之后，两个人一起走回午后的太阳下。

这就是我的人生吗？席佛在心中问自己，并且一如往常，压抑着没让恐慌发作。

许多人错误就这么发生了。

很难确认是从哪里开始的，这么多年来就在混沌中度过了，想要回头找到起点，就像要查出自己的皮肤从哪儿开始长起一样。唯一可以肯定的大概就是那些东西确实包覆着你，有时候还会觉得束缚得太紧了些。

不过错误的存在显而易见。而且是很糟糕的错误。光是看着他就可以意识到这点。

首先，他胖了。或许还不到所谓的肥胖症，也无法登上《时人》杂志的肥胖专栏，但依旧是胖了。而且已经好一段时间没有进行体适能训练……现在真的还会用"体适能"这个词吗？他也不确定。虽然还不到全面溃堤的地步，可是破洞渐渐扩大为裂缝：肚子越来越凸出、双下巴逐渐养成、一到夏天就得局部撒上爽身粉以免摩擦长出痱子。

然后为了遮掩爽身粉的味道，只好大量使用体香剂和卡尔文·克莱恩永恒系列男性香水。他的用法是在空气中狂喷一阵之后再走进那团香气中，就像小时候他妈妈做的那样。于是呢，他成了一个身上有爽身粉味道、古龙水太浓的胖男人，独自坐在曼尼美味比萨店里，把油腻的指纹留在其实根本没专心看的书上，然后拿着餐巾纸擦拭胡子没刮干净的下巴，余光偷瞄着走进店里的漂亮女孩。

如果有人觉得他很可悲的话，那绝对是正常的。就算怀疑他有恋童癖也没什么好奇怪的。

所以他才又开始拿出以前的婚戒来戴。原因不在于他想念狄妮丝，一点也不，尤其是狄妮丝老是质疑他的整体情绪状态。不过呢，这个金戒指戴在手上就扭转了他的形象，仿佛忽然间多了什么值得尊敬的地方。因为那意味着他有一个家，家里有人看得见他的好，而且显而易见的，至少偶尔愿意与他有肉体接触，好像这么一来，那些大缺点就变得微不足道、不足挂齿了。不过话说回来，假如与美女搭上线的话，婚戒这玩意儿就会制造麻烦，但其实这年头会让男性搭讪的女人，通常不是那种会在意一枚婚戒的类型。

3

　　每次这样的交易以后，席佛习惯到榆溪市比较僻静的商业区一带，那里有间规模很大的独立书店叫做"最后一页"，他会在那儿打发时间。书店里附设一个小咖啡厅，席佛习惯点大杯的汽水，坐着看《滚石》杂志，利用这段时间补充他的体液。

　　莉莉会在两点四十五分出现。她将长发随意绑成松松的马尾，金色发丝在身后摇曳，就像彗星的尾巴。由于染过各式各样不同层次的金色，莉莉的头发已经看不出原本的发色，即使是发根的颜色也不至于深得形成两截。她将黑色紧身裤塞进黑色牛仔靴里，苗条的身躯罩着宽松的羊毛衫，背上背的吉他装在黑色盒子里，凸出的细长琴颈就像是忍者刀的刀柄。

　　席佛从自己的位子打量她，近得足以找到一些不完美的地方：额头太凸出、鼻子太小显得脾气暴躁、牙齿排列不整齐，但其他地方组合起来还是不错，反而更令人想亲近。即便她人都已经从席佛身旁走到童书区了，他的视线还是没离开。

席佛深深地爱上她，即便事实上他们完全没跟彼此说过话。仔细想想，这样的纯爱是非常伟大的。假如有辆巴士朝她疾驰而来，席佛愿意冲出去为她挡下。另一个他愿意如此牺牲性命保护的人是他的女儿凯西，但他也很清楚换做是凯西，搞不好会大声叫好，毕竟这十八年来他都没有证明自己是个好父亲。而且悲哀的事实是，或许真的为女儿一死，才能唤起她对父亲的爱——甚至就算是赔上性命，她也未必会被打动，因为女儿可能会觉得死了个笨蛋还比较省事。

他在一柜又一柜的书架间走动的样子鬼鬼祟祟，像个小偷，但已经可以听见莉莉弹出的轻柔吉他乐声，中间偶尔被咖啡厅那儿的煮咖啡机器发出的嘶嘶声干扰。每个星期她会来这儿两次，坐在矮塑料胶椅上，几个三四岁的小孩子会在她身边围成一圈，一边吸果汁，一边跟着唱歌，一旁的外籍保姆们则低声用自己的方言聊天。

席佛站的位置正好是自我激励书籍区，在这里偷听不会惊扰任何人。《三十天让小腹平坦》《越吃越瘦》《自尊建立手册》——上亿美元的产业重点都放在改造人类上，但人类能否被改造这点仍有待商议。他假装翻着书，实际上则是偷看莉莉。她拨弦时全身都在动，柔顺的头发像帘子般垂落脸庞，她抬起头看了孩子们一眼，闭口歌唱。

> 过了一天，猫回来了。
> 我们以为它一去不复返……
> 但它回来了，
> 它不肯离开，唉唉唉唉……

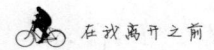

但难解释这是什么奇怪的儿歌,莉莉的高音一下子颤抖、一下子平板,不过那歌喉带着一股热情,仿佛自肺腑挤出一首最真挚的情歌,将她灵魂深处对音乐的向往关注其中。可惜这首可笑的儿歌无法承载这么多,而她的能量满溢,填满了这个空间,也填满了他。那些小孩想必以前就听过,不成调地跟着合唱,但莉莉的声音比起他们更加高亢,扬升至天花板上的电风扇——在数位化的新世界里,这书店却还不肯放下旧时代的产物。一股难以言语的哽咽卡在席佛的喉咙,那是失去了从未拥有之物的矛盾感受。莉莉唱到第三段时,他已然情绪崩溃。

角落那男人发誓看见猫就开枪,
装了火药上了膛,
等呀等呀等着猫儿走过来,
结果发现他碎成九十七块……
但猫儿还是回来了。

歌声一阵又一阵地洗涤过他整个人,席佛看清楚自己失去了什么、变成了什么。他躲在自我激励书籍区,却没有办法激励自己,他就只是个中年窝囊废,腿不受控制、耳朵嗡嗡叫,连心也痛了。他忍住的泪水,竟是源自于一个素昧平生、发自内心用力歌唱猫咪谋杀案的女子。

他感受得到自己正忐忑不安,也估算过自己心里或许还残存了最后一丝永恒真爱,但那必须先撤除他打从深处扭曲歪斜的价值观才行。席佛喜欢过的女人已经超过他该有的份额。而且他一旦看对眼，用爆炸形容还嫌不够，根本就是神风特工队，拼了性命地往目标冲过去。最初他认为这种性格是上天赐予的礼物，后来却像是诅咒，现在他已经了解那只是自己身上的另一个缺陷。

席佛已经独身一段时间，超过七年了吧。孤单这种事情，超越某一条界线以后就不再只是种状态，而成为一种习惯。渐渐地，不必再看手机，不再思索为什么找不到想打过去聊天的人。然后不太在意发型，不怎么运动，不去想想明天是余生的第一天，因为明天与今天没什么不同，今天与昨天也没什么不同，昨天则像是拉出去的一坨屎那般臭得让人腿软。想要不发疯，唯一的办法就是别再期待人生会变得比较美好。

不过，席佛骨子里还剩余了那么一点点的抗拒，没有完全投降。他依旧相信"她"就在世界上某个地方。会有一个女子看得见松动龟裂的废土下，男人真正的模样，这个女人知道如何应付如他这般充满矛盾的神风恋人。除此之外，席佛还知道：假如他希望能再度好好睡一觉，心里的这一块原地千万不可以死透。

他第一个喜欢上的女孩叫做苏菲·金勒奥。她剪了个妖精般的短发，颈子上有号角形状的粉红色胎记。两个人第一次接吻，她轻轻发出的呻吟，带领席佛进入都仅止于隐约意识到的情欲世界。之后的几个星期，苏菲像是军队般占据他的脑海。两人在一起时，他们吻得火热，嘴唇都红肿脱皮，舌头仿佛要抽筋。但在某一天，那段关系结束了。席佛自己也不大记得究竟是怎么一回事，但根据统计经验，以及他试

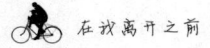在我离开之前

图回想时肚子发冷、心中悔恨这些迹象来判断,可以肯定是他自己先避不见面,然后在女孩身上随便找了个无关紧要的缺点,不断地放大、放大,最后吞噬了自己。

4

一到夏天,东岸的空气就让人难以忍受,湿气太重令人呼吸急促,只要一走到户外就汗流浃背。席佛与杰克、奥利弗三个人坐在凡尔赛宫游泳池旁的老位子,和其他人一样假装自己没有盯着那些大学女生看。

还是改称她们为"大学女郎"比较好呢?他也不太确定。这些女孩根本没有办法分类,她们清一色挺着古铜色肌肤、穿着比基尼,就像褪去包装的太妃糖一样,在游泳池另一头的躺椅上伸展身体。席佛每次都坐在杰克与奥利弗中间的位子,装作正在看杂志,然后从眼角余光偷瞄那些女孩。游泳池周围还坐着其他男人,或落单或群聚在一块儿,每个都一样可悲可怜,只敢远远地窥伺那可远观不可亵玩的禁果。

"你们看这些小妞。"这句话杰克应该已经说第三次了。席佛习惯性地忽略他。

毕竟这种事情根本不需要他来说。大家可都是男人——虽然不年轻了,也没有成为什么好男人,但男人的本能可还在。这些小妞、这些妙龄女子……她们擦了SPF15的防晒乳,胴体闪闪发亮,像是上了焦糖般烘烤着柔软无瑕的肌肤,同时读着课本、杂志,或拿起套着粉红色、大红色保护壳的手机拚命传讯息出去,耳朵连接着iPod,做过美甲的脚趾随着音乐节奏摆动。除此之外,女孩们感受音乐律动时总会嘟起嘴唇,仿佛亲吻空气似的,头也上上下下地摇晃着。

凡尔赛宫是一栋位于洲际公路旁的平价旅馆,原本这座游泳池只有凡尔赛宫的房客才能使用,这些女孩每天都透过杰克的邀请过来玩,也没有人会想要去投诉。她们是哈德森大学的学生,校园就在九号公路对面。这学期才刚开始没多久,有这么多年轻的肉体进出凡尔赛宫,简直就是将火柴与火种摆在同一个抽屉!

是的,席佛住在所谓的平价旅馆内。一连串的错误。

凡尔赛宫就像是十四层楼高的巨大墓碑,耸立在错综复杂的马路与I-95公路的交流道旁,它是榆溪市郊区边缘唯一可供居住的建筑物,在数年前从一般旅馆转型为提供周租、月租的常住型公寓旅馆。于是,这里也就沦为榆溪市内一干饱受打击、可悲可叹的男子们脱离破碎婚姻以后的避居之地。整栋大楼散发着窝囊气息,一大票中年男子各自蜗居于隔间狭小、装潢贫乏的房间内。"他住进凡尔赛宫了呢。"当地人这么说的时候,彼此都能会意那地方象征了什么。凡尔赛宫有泳池、有健身房、有接待人员和漂亮的大厅,但这些都无法掩饰只有落魄男人才会住进去的事实,他们舔着彼此的伤口,而且在离婚后的财产与监护权争夺战里,正以每小时大约六块五美元(加上自己的开销)的速度慢慢屈居下风。

大厅里还挂着一幅原始设计图,从里面可以看见凡尔赛宫应当是晴空万里下闪耀着温柔白光的大楼,周围有翡翠般的草坪和繁茂树林。然而在现实世界里,为了要有停车场、草地、树木与放着不同颜色风筝的孩子们都无法走出那幅画,加上邻近快速道路,日复一日的废气排放,凡尔赛宫最终化作一团垂直的乌云。没有人明白,既然美梦不再,又为何要继续挂着这幅画,说不定是谁想出的残酷玩笑吧,打从潜意识要折磨这里的住户们。

其实在席佛还没离婚时,凡尔赛宫当时看起来虽然体面一些,却也已经是大家打趣的目标了。"我真这么难相处的话,你就搬出去算啦?凡尔赛宫一定还有空房间……"大家会这么说。过了七年,席佛真的来到了这里,他的人生被困在八楼的两房小公寓中,同住的都是落难兄弟,大家被驱逐出榆溪市,无缘回去那两旁种着漂亮树木的街道,再也无法进入那些铺有地毯、窗帘华丽壮观的都铎和殖民式建筑内。他们失去了婚姻与家庭,却还在大大小小事情上为这些名目付钱,甚至明知道自己回去那房子也只会受到冷言奚落,却还是继续缴房贷。就连前妻的衣服、发型、保养、除毛和上健身房的费用,也得由他们负担,而且前妻们的教练和律师的薪水也同样由前夫们一手包办。至于他们自己的律师呢,感觉一点用也没有,只会用些门外汉能听懂的方式来解释他们处境多凄惨。撇开前妻不谈,还得付钱让孩子参加儿童棒球、儿童足球、上钢琴课、学溜冰与空手道、买 Gap 的童装、读私立学校、接受正音治疗、请家教、课后活动,再加上医疗保险。只要站在凡尔赛宫的大厅,任何人都可以感受得到这种建筑物洒满一股焦躁绝望的怨气,住在这儿的男人时时刻刻压抑

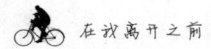

着心中巨大的恐慌。他们随时会崩溃，不敢打开银行寄来的对账单，不断变卖越来越少的资产，心里很清楚这巨大的混沌终有一天会坠进法院那摊酸液中，慢慢分解为破产人生。

因此，住在凡尔赛宫的这群难兄难弟，如同一般男性的习惯，默默地伸出隐形的手支持、挽扶彼此。他们的友谊脆弱微小，如同沙漠里的苔藓，彼此大声诉苦埋怨，咒骂法院流程的冗长、法律规定的陈腐，还有该死的律师，同时对着挥之不去又无法跨越的贫穷困顿忧心不已。假如心情好一些，就能暂时装作眼前的凄凉并非是人生的全貌，嚷嚷着自己必定会再度追寻到真爱，不会孤老死去，而且很快就会有对象可以上床了。但无论情绪高低，他们总是一脸阴郁、酗酒严重，老是偷看那些年纪小了自己两三轮的女孩们。他们想看见乌云的边缘，期待拨云见日的那一刻。

焦点又回到了大学生身上。

"你们看看……"杰克说。

杰克长得帅，所以就算大剌剌地盯着人家也不会太害臊。他身材高瘦，就算脱了衣服晒太阳也一样体面，微卷的头发颜色偏深，下巴像是漫画里的超级英雄那样微微往前翘。席佛和他很久以前就有过几面之缘，那场合无关乎男人与男人之间的交流，而是妻子、母亲之间的聚会。如今呢，两个人则是因为都没了老婆，所以聚在一块儿。知道席佛离婚，最开心的人就是杰克了，看见他搬来凡尔赛宫，杰克居然乐得在大厅跳起舞来。

"你自己看。"奥利弗的脸隐藏在一顶皱了的棒球帽底下，

"我要午睡一下。"

奥利弗已经五十多岁,个头虽高,但是身形略显臃肿,皮肤也垮了,那双眼睛看起来总是很累,腰带下方鼓起的肚皮则装满了威士忌。他是这儿的异类,其实并不一定得住进来,因为他的财产还很多,想住哪儿都不成问题,只不过他想找些朋友陪伴。他也结过婚,还结过三次,儿女都已经长大了,根本不跟他往来,至于孙子、孙女则连见都没见过。奥利弗比席佛大上十四岁,而杰克是个性爱成瘾但又轻视女人的怪胎,他们三个人究竟是怎么混在一块儿的,连席佛自己也会想不起来,一切就这样悄悄地进行着。

他们每天都来这儿晒太阳。杰克依旧高挑精壮,但胸腹的肌肉渐渐松弛。相较之下,席佛全身上下都比较厚实,体型像是个老了的棒球投手。奥利弗更不用说,那松垮的肚子让他整个人看起来呈现梨子的形状。三个人一字排开,杰克就是"老化前",奥利弗是"老化后",而席佛处于过渡阶段——每件事情开始走错方向的那个当下。

"显而易见啊。"杰克根本没理会奥利弗,"身材线条有多棒就不用说了,但我们要更深入一点。看看她们的眼睛、她们的动作、她们的笑容,每个人都散发出一种……纯洁无瑕的性感。她们对男人还是有爱的,不过等她们结婚以后,就免不了变成尖酸刻薄的老女人。"

"去你的,死奥利弗。"

"对你来说不会太年轻了点吗?"席佛问。

"什么鬼话!"杰克问,"你觉得谁可以满足这些小妞?难道是男大学生?回想一下你自己二十岁的时候是什么德行

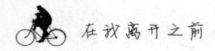

吧。你当时真的知道怎么取悦女人吗？或者应该问，有想要取悦女人的意思吗？"

席佛脑海中确实浮现一个女孩。他不记得名字，只记得自己压在她身上，地点是她的宿舍小房间里的小小单人床。女孩望着他的眼神透露出毫不压抑的浓烈欲望，那时候他的感觉很强烈，现在却只剩下淡淡的哀伤在耳边萦绕，再也找不回来了。

"别自以为什么都懂。"杰克越说越起劲，这可不是好现象，"我们眼前的女孩可不是当年的大学小妹妹，她们已经进化了。她们觉得性是与她们自身不可分离的一项重要权利！这就是女性主义者，上帝保佑她们。"

"我说奥利弗，你应该很清楚的，想要的话不成问题啊。准备一瓶酒、几颗威尔刚，问题就都解决了。"

奥利弗摘下帽子，朝杰克眯起眼睛："问题是她们谁会要我？"

"你在胡扯什么？你是个英俊的男人啊。"

"我又老又胖，能生存到现在，是因为我知道自己扮演什么角色。"

"什么角色？"

"一只老蟾蜍。"奥利弗说完，又将帽子盖回脸上。在那一瞬间，席佛好像真的在他身上捕捉到蟾蜍的身影。

女孩们又在椅子上翻身、伸展，熟练地解开比基尼上衣的扣子，避免晒不均匀。她们摆动着双腿，抹上助晒油，舔了舔嘴唇，拨弄着长发。杰克拉高雷朋墨镜，眯起眼睛追随女孩的每个动作，笑着赞叹道："荣耀上帝啊！"

奥利弗忽然放了个又长又响的屁,好像从气球里挤出来似的。

"够了,奥利弗,你去吃药啦!"杰克叫道。

这就是席佛的朋友。

一直到两个小时过后,凯西到了,她们还坐在那边。太阳高挂在天顶,助晒油的气味随着大学女生走动而飘逸在空气中,挑动他们的神经。从这个地方听起来,大卡车在洲际公路上行驶而过的声音就仿佛是海浪拍岸声。近来席佛的意识常常陷入一片模糊,飘浮在由记忆、幻想、悔恨交织而成的迷雾中。

"席佛……"

或许在状况比较好的日子里,迷雾中会有一丝希望的微光。

"席佛!"

凯西直直地朝着他走过来,她穿着短裤与露背背心,杏仁色的头发披在背上,随着夏日微风悄悄飘扬。在她靠近以后,席佛看见她脸颊上呈马蹄铁状分布的雀斑。杰克干咳一声,很努力地装出没有偷看朋友女儿的模样。

"嗨。"凯西这种冷淡态度专门用来对付自己的父亲。一如往常,每次席佛一看见女儿,就觉得自己的心又突然宣告罢工。这种反应就像是受到剧烈刺激,或者他猜测在溺水时才会产生。爱,还有恐慌,这两种情绪对他而言几乎密不可分。

"嗨,凯西。"他坐直身子,突然意识到自己的大肚腩、没刮的胡子,还有一直懒得修剪的头发,"你在这儿干吗?"

凯西冷笑起来,好像这问题触及什么私密笑点一样:"是啊,在这儿到底能干吗呢?"

席佛不是什么模范好父亲,这一点毋庸置疑。离婚后的这七年里,他错过太多次女儿的生日、朗诵会、运动比赛,以及父女共进晚餐的机会,于是与凯西的关系从普通转为紧绷,最后则是疏远。等女儿进入青春期,以前原谅父亲的习惯也不知丢哪儿去了,但席佛知道一切都得怪自己,女儿可以更加蔑视他的。只不过面对女儿用鼻孔朝着自己,意有所指的反问"在这里到底能干吗呢",那种自尊被撕裂的感受是无法修补的。

凯西朝他们三个人望了好一会儿,观感全写在眼神里:杰克就是个年华老去的浪荡男子,原本的魅力从20世纪90年代晚期日渐消退。奥利弗又老又胖,都可以当她的祖父了。至于席佛呢,明明穿的是特大号T恤,却还是满身大汗,而且T恤上还印着早在她出生之前就已经没落的乐团图案。凯西的视线稍微挪向一旁的大学女生,接着又飘回来,眼神很不屑,好像看穿了他们的可悲龌龊。

想要一边缩小腹,一边流畅帅气地从躺椅上起身很困难,席佛虽然能挺起身子,但与惯性对抗的动作十分笨拙,还因为这点小动作就脸红喘起来。凡尔赛宫明明就有个还不差的健身房,想到他有很多空闲时间,大家只怕都错以为他会常常进去。

在轻吻女儿两颊时,看见她没有太明显的退缩,席佛很滑稽地开心起来。

"看看你长得多漂亮。"杰克开口,"现在几岁啦?"

"十八。"

"哇，跟你一比，我真的老了。"

"我想不用跟我比，你还是老了。"

"Shazam!①"杰克低呼。他有时会这么做，大家都不懂究竟是为什么。

凯西翻了翻眼珠子，意思就是打算忽略杰克的存在。她转而看着席佛："我有事跟你说。"

"一切都还好吗？"

他想了好一会儿："都还OK。"

"要去里面坐着聊吗？"

"好。"

凯西走在前面，席佛看见她肩膀上的一抹红色。

"那是什么？"

"一朵玫瑰罢了。"凯西的语气有点防备。

以刺青来说确实不算什么，就是朵血红色玫瑰加上一片叶子刺在她肩胛骨上。一般父亲就算有些窝囊，看见女儿身上有些刺青也会鬼吼鬼叫一番，但席佛很久以前就放弃了作为父亲的尊严，心想不如借机与女儿拉近距离算了。

"挺好看的。"

没想到凯西一脸挖苦地笑道："那你该看屁股上的才对。"

"我的天。"

"席佛，别分心，好戏还在后头。"

"例如？"

她回头，脸上仍是笑着，不过眼睛瞪大了，还看得出正

---

① 故事书中让东西出现或消失的咒语，也是漫画人物常使用的变身咒。

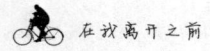

微微颤抖。

"例如……"她说,"我怀孕了。"

在某些时刻,人会感觉到地球就在脚下转着,让人本能地想要找东西抓住,现在就是那个时刻。席佛轻轻抓住凯西的手臂,盯着女儿的眼睛,两个人站在那里,仿佛外面的世界完全崩毁了。父女俩都等待着,不知道对方会说什么。

5

"哇噢……"他是这么开头的。凯西也不知道自己究竟期待着什么。德鲁·席佛从来就不是以能言善道闻名,无论是说好话或坏话都没什么特别厉害之处。但幸好他至少没有说出下面这几句话:

"你确定?"

"是谁干了这种事?"

"你不再是我熟悉的那个小女孩了。"

至少他没有生气、没有破口大骂,也没有别过头。

当个不及格的父亲的优势,大概就是他从不自认为有立场去批评女儿。席佛只是直视着凯西,抓住她的手臂。平常他若是这么做,凯西会生气地甩开,但其实凯西也是第一次大声说出这秘密,所以同样需要别人扶持。就在父亲伸手碰到自己的那一刻,她突然觉得自己内心成为化石的某个部分松动了。

他又说了一次"哇噢",仍旧没有大叫、没有下巴合不拢之类的反应。"哇噢"只是填补空白,争取时间思考这悲哀的事实，以及背后附带的种种含义。席佛这辈子有大半时间都在面对悲哀的事实，而凯西也豁然明白自己为什么会来找父亲。

即便他真的是个糟糕透顶的爸爸，凯西也预期他在接下来的五分钟内必定会冒出令自己大失所望的言行举止，可在这当下她还是感动得想哭。虽然她对这样的感受深恶痛绝，但她真的就这么哭了，在那些落魄潦倒的男人面前，在游泳池浅水区那些几近全裸的火辣美女面前——到底是谁让她们进来的？旅馆门房是个俄罗斯人，兢兢业业的模样好像自己守着白宫一样。

席佛将女儿拉进怀里，用一双手臂抱住，那动作尴尬得像是他不知道该怎样拥抱，仿佛害怕将凯西压坏似的。一个人怎么会过了大半辈子还没学会如何拥抱呢？凯西向来很讨厌自己一边生父亲的气，一边却又同情他，也因此变得更难相处。只不过这一次，她闭起眼睛，融化在席佛那件粗糙的旧棉布T恤上，静静地等待着心情平复。

她呼吸时，嗅到父亲身上那熟悉的气味，私下将那味道取名为"游民"，是以爽身粉为基底，掺入刮胡水味道的男性淡香。但尽管她好比溺水般紧紧地抱着父亲，心里那股愤怒却又渐渐涌出来，就像意识中反复回荡的老歌，最后不再是需要回想的旋律，而是烙印在大脑的一条神经通道，无法改变。

凯西感受到怒火在体内乱窜。她气父亲，也气自己，于是挣脱了席佛那尴尬的拥抱，用的力气或许比预期的要大了些。被推开的席佛，神情满是不解。她看惯了这神情，一副讶异、傻气的模样，一副世界转动太快才会让他跟不上的态度。打从进入青春期开始，凯西就不断在他脸上发现这种表情。似乎是从买冰淇淋也讨好不了女儿以后，他就想不出别的花招了。她猜想妈妈与席佛离婚之前的那几年，大概也看了太多次这种表情，但实际上母女俩间并没有讨论过那段往事。虽说凯西鄙视席佛，却也不想听母亲数落他的种种不是，倒不是因为心里还对父亲有什么忠诚可言，而是觉得妈妈就算这辈子都会困在前一段婚姻的阴影中自怨自艾、走不出来，但没道理拿女儿当成情绪出口。尽管她也认为妈妈做了正确的抉择。

回到眼前的境况：凯西的泪腺受到控制之后，抬起头望着席佛。她在自己脆弱的时候来找他，却转眼间回复到原本轻蔑的神态。至于席佛，他只是用手顺了顺太长太乱的头发，若有所思地挠挠下巴，接着开口说："你要不要吃冰淇淋？"

假如身为毕业生致辞代表，同时也是那一年唯一进入常春藤联盟名校的女学生，在这处境下还不够讽刺的话，那么大可再加上一条：其实直到三个星期以前，凯西都还是处女，连男朋友都没有。

今年上半年她有个对象，好笑的是那个男生竟然叫做杰可·普鲁登斯。两人在三月份时分手，原因乍听起来错综复杂，但其实可以总结成一句话，也就是凯西不肯与他上床。两人曾经在杰可的吉普车上甚至在他的家里躲避着他的父母，做过一些越举的事情，但并没有实质性的行为。

理当是最亲密的时刻，凯西却反而觉得与他更疏远了。

杰可是个幽默正直的男生，性格也有温柔的一面，这些扰乱了凯西的心，只可惜进展到脱光光的这个阶段，他都讲了一些暗示或讽刺的话语，凯西就觉得自己被说成是假正经、真浪荡的人，实在是太不公平了。

终于，时候到了，两人之间有着最后通牒的默契，凯西选择退出。才过两周，杰可就开始与露西·葛瑞森交往。她以前当过JCPenney的模特儿，与同年级许多男生搞暧昧，几乎被看作是成年礼的一种仪式。

虽然凯西阻挡了杰可的攻势，但她却成为华盛顿艾文高中史上独一无二的毕业生致辞代表——因为她在离上台演讲不到二十分钟前，冲进了女厕所对着验孕棒撒尿，上台念了两页演讲稿以后，忽然意识到自己居然还将那玩意儿握在手中，两条粉红色的线包夹着她所说出的每一句话，仿佛悄悄地嘲弄着自己。

"我们即将进入外面广阔的世界，唯一不变的就是一切都在变……我们最终都将成为所有选择，以及所有错误的总和……我们珍惜的日子已经在身后慢慢褪色，但会在将来的某一天挖掘出来，与我们的孩子分享……"

诸如此类的内容，然后是什么友谊、教训、体验等等令人生厌的陈词滥调。

她拿着验孕棒轻轻敲着讲台，继续翻页演讲稿，但身体里的那个东西，那个由欲望和冷漠和生理反应汇聚而成的某个东西，却还在她的子宫里继续分裂繁殖、增长扩大，好像

One Last Thing Before I Go

世界即将在今天结束似的。凯西脑海中有个想象,如果她把准备好的演讲稿扔掉,高高举起验孕棒,发自内心地告诉大家发生什么事情,其实在场的每个人都会同情自己。你们真的对前途忧心吗?那看看这是什么鬼玩意儿!如果她真这么说了,然后贾斯汀·罗斯马上顶着他的大黑眼影、带着吉他上台演唱"年轻岁月"乐团名曲《别回头》,保证大家都会哭红眼眶,然后凯西也能成为当地的传奇人物了吧。

　　可现实是,在她结束致辞以后,会场里回荡着乏味的掌声,她转头看着母亲与李奇朝自己露出璀璨笑容,更后面的地方还有一张熟悉的面孔,居然是席佛,他穿着牛仔裤和黑色窄领衬衫,靠在墙壁上,同样拍着手。她眼泪冒出来了,走回原位,但却不怎么肯定自己为什么要哭。祸是自己闯的,对吧?

6

"你妈有什么反应?"
"还好。"
"真的吗?"
"其实我还没告诉她。"
"啊,聪明。"
"目前只有告诉你。"
"嗯。"
"那你又有什么感觉?"
"这口气听起来很像我的心理治疗师。"
"你还有去咨询吗?"
"没有,几年前就停了。"
"反正不是每个人都能保持心理健康。"
"就像不是每个人都能做好避孕措施。"
"算你厉害啊,席佛。"
"那你有什么打算?"
"打算承认我是白痴。"
"多久了?"

"没有很久。你要从什么时间算起？"

"我哪知道，受孕吧。"

"大概三个星期左右。"

"好，那你还有一点时间可以考虑。"

"你觉得我该怎么办？"

"我认为你该考虑堕胎。"

"哇，我说老爸，你考虑得挺快的是不是？"

"你自己问我觉得该——"

"我只是要你照心里想的老实说。"

"我不是说了吗？"

"完全不顾虑到我身体里有个小生命就对了。"

"你自己是这么看待的吗？我是说，你觉得那是一条生命？"

"是吧。也不一定。有时候吧。我不知道。你又怎么想？"

"我怎么想无关紧要，你得做出自己觉得正确的决定。"

"我做的正确的决定是一开始就不要怀孕。"

"孩子，别哭。"

"少叫我别哭，我最讨厌人家那样说。"

"对不起。"

"哎哟，天哪……我是说，爸，这种时候还不能哭，那要什么时候才可以哭？我都怀孕了耶。"

"你说得对，抱歉。"

"可以告诉我一件事吗？"

"那有什么问题。"

"我不是处女了，你会生气吗？"

"你不再是个七岁小女孩的时候,我生气了;才一眨眼你就忽然变成大女孩的时候,我生气了;错过几百万次相处机会的时候,我生气了。我气我自己是个很糟糕的爸爸,你应该要受到更好的照料才对。至于你是不是处女这种事情……或许是因为我认为你也该交男朋友了吧,所以倒不觉得怎么样。"

"嗯哼。"

"你又哭啦?"

"一点点而已啦。"

"你不必急着今天做决定啊。"

"我根本不想做决定,我希望有别人可以帮我做决定。"

"那……呃,孩子的爸爸怎么说?"

"没有爸爸,也根本没有孩子。那是一团细胞,只不过摆在那里的话可能会变成孩子。"

"好。你不认为有必要告诉他就对了。"

"你看看你自己吧。真的要我认同'爸爸'这种角色?"

"我又没有要你认同谁,只是想确定现在的状况。"

"那你最好认真点。喂!你又跑去哪儿啊?"

"才坐一下子就要吃两支?你没搞错吧?嫌胆固醇太低吗?"

"算了。我要走了。"

"我说错话了吗?"

"反正你说什么都是错的。"

"需要我帮什么忙吗?"

"之后再说。也说不定你已经帮到我了。我不知道。总之我得回去自己好好想清楚。"

"假如要去动手术，我陪你去，好吗？"

"又来了，就想逼我去堕胎。"

"我的意思是说，假如你不想告诉你妈和李奇也没关系。"

"是啊，如果让李奇载我去，你颜面何存哪。"

"当我没说好了。"

"真小心眼。要是你连提都不提，我就要跟你断绝往来了。"

"那你干吗还凶巴巴的？"

"因为你活该啊，'爸'。因为你是个差劲的父亲。又不是偶尔帮我一次就能改变事实。"

"所以我有帮上忙？"

"我只是说个假设，'假设'你有帮上忙。"

"好啦。那我送你回家吧？"

"你根本没车。"

"我都开杰克的车啊。"

"不用了，我自己有车。"

"什么时候买的？"

"妈和李奇送我一辆 G35①当毕业礼物。"

"他们也真有心。"

"反正妈觉得她得连爸爸的部分都做到，所以我也就不客气了。"

"换做我也一样。可以问你一件事吗？"

"问吧。"

"你为什么会来跟我说？"

---

① 日本高级车品牌 Infiniti 所推出的车款。

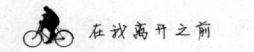

"你真的想知道?"

"想啊。"

"让你失望,我比较没感觉。"

7

　　女儿走了以后，席佛一个人坐着，觉得自己就像是一条被开肠剖肚的鱼。凯西就是这样一个女孩，刀子又快又狠，总是等她离开之后血才喷出来。

　　他们坐在冠军咖啡馆里，这儿也顺便卖些杂货，就位于凡尔赛宫接待大厅后侧一个肾脏形状的小隔间内。老板娘叫做珠儿，是个丰满的匈牙利寡妇，五十多岁，妆浓得像是上油漆一样，不管走路或做事都伴随着尼龙布的摩擦声，以及上千个金镯子碰撞的叮叮咚咚声，仿佛圣诞节到了一样。

　　"你女儿吗？"珠儿讲英语时的腔调令人发噱。她整理起柜台后面摆放的各种头痛药——阿司匹林在这儿销路非常好。

　　"是啊。"

　　"挺美的，尤其是那双腿，会给她惹麻烦哦。那些集中托高的束带恐怕已经在她背上留下了永久的痕迹。

　　"不过时代变了，现在男人都喜欢皮包骨，但有一双美腿的女孩。你可得小心一点。"

"我会注意。"

珠儿耸耸肩:"其实也没得注意啦。年轻人都很任性呢,对吧?"

"是啊。"

没有人想得起原因,可是凯西小时候刚学会讲话时,看见席佛不是叫"爹地",而是"我爹地"。席佛脑海中浮现当时的光景,小凯西身上只包着纸尿布,在他与狄妮丝的床上爬来爬去,顶着小小的圆肚子,那大概是世界上最小最小的啤酒肚吧。她一遍又一遍兴奋地高声喊着:"我爹地!"席佛只要伸手抓她脚踝,她就哈哈大笑。

"嘿,席佛,你还好吗?"珠儿开口问。

就算他喘得过这口气,也不知道究竟该如何回答才好。

他失去了非常多。妻子、家庭、尊严,当然,比较多人知道的还有弯雏菊乐团的鼓手兼共同作曲人的身份。派特、雷伊、丹尼与他四个人,从高中毕业以后就一起组成乐团,历经庞克、后庞克、呐喊风,慢慢趋近于流行乐,在东岸许多摇滚夜店表演,大家凑钱租录音室,一有机会就寄出 demo 带。在席佛的回忆里,他一直都打着鼓,连他母亲都说过,好像怀孕时就感觉到席佛在子宫里面敲敲打打。

四岁的时候,他拿水桶与箱子做成一套鼓,架设在父亲的立体声喇叭旁边,随着披头士、Crosby&Nash[1]的乐声,手持烤肉用的竹筷击奏起来。到了六岁,父母送了一套真正的鼓给他,也带他去上课,那时候他们以为不出一两年,儿子的兴趣就

---

[1] Crosby&Nash,一九六八年组成的知名民谣摇滚乐团,以三位团员的姓氏组成乐团名称。

会转移到别的地方,没想到打鼓竟成为席佛一生的热情所在。只要坐在鼓前面,全身上下所有的焦躁不安——抖动的脚、悸动的心、奔驰的意识——都合而为一,凝聚于同样的节奏之下。席佛自己并没有清楚意识到这一点,不过确实只有在打鼓的时候,他的内心才会平静下来。

凯西出生以后,席佛写的歌内容骤变,多了份沧桑,也多了份激情,因为他所看见的世界已然不同。弯雏菊渐渐成熟茁壮,以前联系过的唱片公司经纪人也总算注意到他们。过了约莫一年,终于签约发行第一张专辑,《支离破碎》也不负所望,短短几周便在排行榜上一飞冲天,他们摇身一变成为国际摇滚巨星。那段光阴短暂,却令人回味无穷。

接下来,派特·迈瑞迪的主唱大头症就发作了,他相信自己单飞会更红,其余三个团员只好私下聚会,喝酒聊天讨论着往后的发展,然而,却在彼此眼中看见现实的残酷——比起美梦无法成真,更惨的就是它只成真了一瞬间。雷伊搬到南部去,在妹夫的公司上班,很久没有音讯了。席佛在一些表演场合上还见过丹尼,有时候会一起为同一场婚礼表演,彼此交换了个苦笑,懒懒地拥抱一下,偶尔演奏到高潮之处,还会偷偷加入昔日熟悉的桥段,但台下的人根本不会发现。

有时他不免心想,假如派特后来一败涂地的话,他们三个人心里会好过得多。他们真的这么期盼。可惜多年之后,派特不但还在洛杉矶发展,甚至拿过格莱美奖,还与电影明星上床。唯一能让席佛稍感宽慰的大概就是《支离破碎》这首单曲的版税还持续地进入户头,可悲的是,这竟成为他最大的一笔收入,其他演出或者去卖精子所赚的都不过是零头罢了。在人前，丹尼与席佛当然都说他们祝福派特，但是喝酒多了之后，他们可不讳言多么期待派特走霉运，最好与名模上床之后马上中风，或者不小心把散弹枪口放进他那张主唱的小噘嘴里扣下扳机。倘若派特自杀，他们倒还愿意在VH1电视台的采访小组过来采访时别说得太难听。

这一晚席佛与史考特·奇的乐团合作，担任婚礼伴奏。他坐在鼓架前面，进入"自动驾驶"模式，完全无视于旁边站了一两个鼓迷。有时候在这样的场合里，还是会被人认出来，围观者就会渐渐变多，但过了一会儿后，等他们意识到曾经出名的鼓手与普通鼓手根本没多大分别，就会回去吃他们的芝麻酱沙拉和菲力牛排了。

今晚台上有七个成员，加上两名和音。这一行做久了，会觉得根本不是在玩音乐，只是受过训练的猴子上台照着顺序做动作。史考特站在麦克风前表演《今晚你的容颜》，唱腔非常油，歌词都黏在一块儿，母音拼命拉长，幸好法兰克·辛纳屈[①]活得不够久，绝对不会听到这个版本。贝普提斯特一边演奏，一边朝席佛使了个眼神。席佛默默点头，突如其来一阵弱拍，史考特措手不及没跟上，转头白了他一眼，但席佛不以为意地装傻。贝普提斯特见状笑了起来。我们不都是一群输家吗？席佛这么想着，每个人都在自己的比赛中输了。

如果运气好的话，表演结束后，他就有机会与人上床。前提是他不可以流太多汗，并且要穿上比较大的那一套晚礼服，只有那一套可以修饰身材、遮掩肚子。然后那天的演奏

[①] Frank Sinatra，知名的美国歌手，《今晚你的容颜》即是由他演唱的经典歌曲。

状况不能太差，气氛要炒得火热，还要有充裕的时间可以在吧台附近摇晃，让乐团众人能够暂时忘却困顿人生。只要满足上述条件，就可以物色现场的和音、舞者以及侍女。种种复杂因素统整起来，就成了"大家有多不想回家"的量表。

其中一位和音叫黛娜。席佛来回三趟才将鼓组都收进杰克的车子里，在这时看见黛娜还在停车场里抽烟。她年约三十五，远看的话是个美人，腿很修长，赤褐色头发浓密亮丽，不过一靠近就看得出她的眼圈有多深，加上五官因为生命中的种种不顺遂而变得僵硬。简单来说，不会有人从小就立定志向要帮别人和音。

上了他的车之后，黛娜脱下鞋子。她已经踏着六寸高的鞋跟在旁边摇晃身子六小时之久。席佛不发一语，将她载回凡尔赛宫，途中黛娜将脚掌搁在副驾驶座的置物柜上，将车窗开了一条缝，头发在脸颊旁飘扬着。从侧面可以看得出她以前的确够格担任啦啦队队长、赢得校友选美皇后，那是她呼风唤雨的日子，要朋友有朋友，要找橄榄球队四分卫当男友也不成问题，没什么难得倒她。但此刻的黛娜愿意和一个窝囊胖鼓手回去，只为了品尝半晌活着的滋味，或者说，至少可以不那么孤单。不过，也许他心里并不这样想，否则她应该会趁着车速够快时打开车门，一头撞在柏油路上。

回到住处后，席佛暗自窃喜。他已经好一段时间没有性生活，而且单是让女人跨进房门就算胜利一半了。他赶快淋浴，还特别清洗干净，接着狂喷体香剂，修整那团乱七八糟的胡子。出浴室的时候，席佛换上了短裤与T恤，黛娜躺在床上，心不在焉地不断转台看电视，身上的黑色小礼服还没换下。她帮自己斟了一杯威士忌，小口啜饮着，将唯一一颗冰块含进嘴里又吐回去。在电视荧幕的蓝光照耀下，她看起来又是个美女了。席佛心中忽然涌现一股热情，但两人只是各取所需的关系，情感是多余的。席佛认识她也有一段时间了，却对这女人了解得不多，比方说黛娜当过啦啦队队长这件事，只是他一厢情愿想象出来的。他真正能肯定的，只有黛娜都套着脊椎侧弯矫正架，讲起话来会结巴。

席佛一躺上床，黛娜便滚到他怀中，究竟是她主动的，还是单纯因为床垫被席佛压得倾斜了，她才滚了过来，他也不知道。黛娜将头枕在他肩膀上，发丝搔着他的下巴。席佛闭上眼睛，吸进一口她秀发里洗发精的气味，刹那间好像深深地陷入恋爱中，尽管他知道翌日一早两人连眼神要交会都有困难。

"你挺香的。"黛娜唱了太久的和音，现在声音只比悄悄话略大一些，"秋天的味道。"

"是爱尔兰之春。"

黛娜忽然转头过来望着他，席佛差点因为她那苍凉的眼神而惊叫出声。

"我们可以就这么躺一会儿吗？"她问。

不行，当然不行。"可以呀。"

电视荧幕上的青少年"吸血鬼"悄悄潜伏着，外头传来卡车喇叭声。他看着黛娜的脚趾在被子上蜷曲，一股他勉强称之为思想的情绪油然而生，可问题是他想破了头也不知道自己怀念的是什么，或是哪个地方。明天早上太阳还是会升起，在朝阳映照之下，他会开车将黛娜送回婚宴会馆，她的车子就在那个空旷的偌大停车场里,如同迷途羔羊般孤零零地等待救援。他们身上缠绕着一种莫名的感触,实在难以用言语倾诉。

8

"你上次清理冰箱是什么时候的事?"伊莲是席佛的母亲,她手里拿了一个用塑料袋包起来的锡罐,里面装的东西看起来像是凝固的脑浆。

"不知道,大概是上个星期吧?"

"我才不信。"伊莲说完,便将罐子丢进垃圾堆里。等她清理得心满意足了,会在冰箱里塞进一大堆蔬菜水果。直到她下一次过来前,那些东西也会继续在冰箱里慢慢腐烂。

"拜托,老妈,你不用忙啦!"

"我喜欢啊!"

伊莲的身影消失在冰箱门后,留下席佛与他父亲聊天。

"最近赚的钱够花吗?"父亲问。

"够啦!"

"那就好。"

"会堂状况还好吧?"

"神可是不受景气影响的。"

"会的话,那可就会成为神学上的一大主题了吧。"

"你确定？"

有一天父亲也会离开人世，席佛知道自己还可以在心里一字一句地回想起这些对话。

他的父亲卢本·席佛，是以色列之子会堂的拉比[①]。席佛还小的时候，会跟弟弟恰克陪着父亲出席安息日礼拜仪式。兄弟两个坐在舞台上面向群众，席佛会假装爸爸是国王，而他与恰克是受人爱戴的王子。卢本会随着领唱一起高歌，嗓音有些沙哑，但很优美；他也会搂着两个儿子，然后随便指向祷文上的希伯来字母，两个男孩就乖乖地念出来给爸爸听。过了几年，席佛进入青春期以后，开始有强烈的自我意识，不再愿意上去和爸爸、弟弟坐在一块儿。他并不确定是从哪一年开始的，也没有人愿意提起，反正这种心结会不知不觉地随着时间解开。

父亲吹起了披头士的《一便士小巷》这首曲子。

"又在吹口哨了。"伊莲漫不经心地念了一句，卢本就赶快收声。他们两人已经结婚四十七载了。

卢本会唱很多歌，可是每次吹口哨都是这一首。就席佛所知，应该是披头士发行了《奇幻之旅》这张专辑以来，父亲就总是哼起这首歌。大概在卢本第一次听到时，前面几小节的旋律就已经烙印在他的大脑皮层[②]上了吧。

席佛的父母每隔两周就会在周日过来一趟，因为他们深

[①] Rabbi，犹太教的神职人员。
[②] 覆盖在大脑外侧的神经组织，负责思考、语言、情绪等认知功能。

深爱着自己的儿子，却又觉得这个儿子应该活得很孤单。但就因为席佛也深爱着他们，所以这样的拜访更令他难过得想死；他知道自己这么卑微、悲惨的生活，看在父母的眼中，一定很悲伤，说不定比起伤他自己更深也未必。而这就代表，每次他们过来，内心同样难过得想死吧。所以每隔两周一次，三个人在周末将自己搞得精疲力竭，深陷忧郁之中，却又不肯停止这仪式，只因为假如家人不是这样的关系，席佛也想不出更好的定义方式了。

"最近——"他父亲有点别扭地起了头，而伊莲已经不知是第三趟还是第四趟提着垃圾去焚化炉那儿。席佛每次买中国菜回来吃，总习惯将剩菜冰起来，然后就这样忘记了，于是凝固成就算拿去微波炉加热也没办法吃的东西。"——有认识什么女孩子值得一提吗？"

"你什么时候听我说过了？"席佛问。

父亲耸耸肩，没理会儿子的挖苦："你该去会堂看看。"

"爸——"

卢本举起手，一副打算辩驳的模样，"我没有要你去礼拜，只是跟你说那儿单身女子很多呀。"

"你居然要我去会堂找约会对象？"

"那儿可是约会的好地方呢。你以为每个人都是去祷告的吗？我是啦，领唱也是，但其他人根本是去社交的啊。欢迎来到宗教组织的世界。"

"那你的神呢？"

"神和我一样不希望你孤单。"

"我有在努力了，爸。"

卢本点点头。"假如这样叫做有在试，我可真担心你不试的时候会怎样。"

席佛听了，下意识想说句话来反驳，不用想也知道语气一定很刻薄，但幸好伊莲进来打断了对话，反倒让他松了口气。伊莲一脸狐疑地望向两人，席佛瘫坐在沙发上，卢本则坐在餐桌边缘，她看得出自己中断了什么话题："两个大男人在聊些什么啊？"

"女人啊。"卢本回答。

她若有所思地点点头："有什么值得一提的吗？"

他的父母离开之后，会去恰克家里烤肉。在手工酱料的香气中，伴随着两个小男孩的吵闹声，以及婴儿与小狗的尿味，两老又会找到生命的存在感，灵魂再度被填满。

然后席佛会下楼去雷霆酒吧喝个酩酊大醉，然后回到房间坐在电视机前，在熟悉的光影变换中呼呼大睡。运气好的话，他会记得脱鞋子——醒来时还穿着鞋是最令人沮丧的事情。

9

　　勒伍德一家与狄妮丝、凯西为邻大概有十年之久了。狄妮丝与薇勒瑞每星期会一起打两次网球，李奇与史提夫·勒伍德家同意凯西可以随时过去使用私人游泳池，今晚就是如此。她正为了普林斯顿大学生涯感到焦虑，夜间游泳对她而言是抒发压力的好方法。

　　游了十五圈左右，凯西才意识到并非只有自己在场。她一抬头就看见杰瑞米·勒伍德坐在池畔的躺椅上，拿着银色携带型酒壶，一边看她游泳，一边喝着。

　　"啊，"看见凯西停了下来，他举起银壶挥了挥。"别因为我停下来啊。"

　　杰瑞米大她两岁，刚从名校艾默里大学回来。倘若换个对象，她会很在意自己正穿着比基尼，但因为与杰瑞米认识太久，小学二年级时他们还在勒伍德家的地下室打赌，把对方的全身都给看光光，所以凯西也就没有太介意。

　　凯西拿起浴巾，坐在躺椅旁。杰瑞米弯腰过去亲了她脸颊一下。这是他进了大学以后才开始的举动，而凯西还没有很习惯。"你看看你——"他一副赞叹的口吻。

"什么？"

"变正妹了。"

"闭嘴啦你。"

"听说你申请到普林斯顿了。"

"听说你代表毕业生致辞。"

"听说你和海莉分手了。"

"她叫做哈莉。"

"反正不重要了吧。"

杰瑞米笑了笑，又喝了一口酒："我们有这种妈妈，根本不需要玩脸书了吧？"

"我想也是。"

他将银壶递过去，凯西尝了一口。银壶里装的是杰瑞米他爸爸的威士忌。史提夫总说是美酒，但凯西觉得味道像酸液，喉咙很烫，但可以暖暖肚子。她将银壶递回去，杰瑞米灌了一大口。

"其实分手是她提的。"

凯西望向他的脸，想知道杰瑞米究竟是要聊一聊，或者只是单纯说出事实罢了。这么多年来，两家人的关系一直都很好，不过她与杰瑞米却没怎么深入交谈过，感情比较像是远亲而非朋友。

"很遗憾。"她说。

杰瑞米耸耸肩："反正也就只是上过床，而且还没多舒服呢。"

他用如此轻率的语气来谈论关于性的话题，使得凯西心头一震。在酒精、禁忌话题，以及刚才脸颊上那一吻的催化下，她开始想象几个月后自己的世界将是多么辽阔。杰瑞米又将银壶递过去，这次凯西喝了两大口。

"别狼吞虎咽哪。"杰瑞米浅浅笑着。

在这气氛下，那笑容不知为何很性感。

杰瑞米长得不算有特色，就是个常见的帅哥，身材高挑结实，没有梳理的深色浓密短发显得率性。看在凯西眼中，觉得不是阳刚，而是俊美。不过在这一刻，他的表情带着一点深沉阴霾，这让凯西心生一种想法，假如两人素未谋面，她其实会有兴趣进一步认识他。此时，游泳池里的温水冒出微微蒸汽，朦胧了岸边灯光，满月低垂于天际，杰瑞米之所以露出那样的神情，说不定是因为喝了酒。凯西自己也因为酒精而脸红心跳，有了触电的感觉。

杰瑞米说起分手的事情，凯西也讲了自己的故事。接着他用iPhone找出哈莉的脸书页面给凯西看。老实说，哈莉真的不算漂亮，不过不难明白男孩子喜欢她哪一点。好笑的是，她居然将脸书上的感情状态改成"幸福的单身"，又贴了许多出去玩的照片，身边的男人都像是从"玩咖日记"[①]节目里出来的花花公子。聊着聊着，杰瑞米说"幸福的"那三个字真是莫名其妙，于是也将自己的脸书状态改成"重获自由"，并在凯西的怂恿下，合拍一张搂颈相拥的亲热照发布上去。哈莉与杰瑞米还是脸书上的好友，加上她并不知道凯西只是邻居，所以他们越拍越起劲，杰瑞米索性脱了上衣，两人肌肤接触时温度很高，和凯西肚子里的威士忌一样。两个人越

[①] Jersey Shore，美国真人实境秀节目，内容主要是关于八名肌肉猛男和波霸辣妹打工、玩乐的生活。

玩越疯，摸摸抱抱到一半，喘口气休息的时候，他忽然说了父母这周末外出不在家。

月光、暑气和一个从小就认识到现在的男孩，全部感觉都对了。于是抉择的时刻来临，杰瑞米稍微退开了些，开口问"你确定吗"，凯西毫不犹豫地引领着杰瑞米到自己身上。

之后他们裸泳一会儿，在池畔打闹，始终浸沐在银色月光下。凯西后来忽然想到，不管再怎么悉心安排，想要献出贞操，不会有比这一晚更美好的方式了。

10

　　大厅里，苦瓜脸塔德正努力想叫双胞胎儿子安静些。两个五岁大的娃儿，有着一头火焰般的红发，手里拿着塑料光剑到处乱挥，还在皮沙发跳上跳下的。这个周末，两个小男孩还一直沉溺在各种甜食中，因为住在妈妈那儿的时候，要想吃这些东西可以说是根本不可能。塔德在住处的柜子里放了一大堆的麦片、汽水、糖果等等，希望可以赢得儿子们的欢心。然后现在他们两个绕着这散发出低迷气息的爸爸，一下子在沙发上使出摔角飞身踢，一下子冲到将挑高大厅分隔为楼中楼的那两道阶梯上，不是撞到路人，就是踢翻了但凡没家具的角落必定会摆上的那些盆栽小树。与其说他们是绝地武士，不如说是绝地苍蝇吧，没头没脑地横冲直撞，停下来的时间只够旁人看见他们凌乱的头发、不合身的T恤，还有沾染在脸上的白色东西。塔德会对前妻说那是牛奶，不过明眼人一看就知道是晚餐吃甜甜圈留下的糖粉。

　　他之所以被叫做苦瓜脸塔德，是因为明明住在凡尔赛宫超过两年了，却从未有人看过他露出笑容。他始终没有为他那间公寓添购任何一件家具或壁饰,也没有出去约会或者交朋友,这被杰克戏称是"小孤女安妮"①症候群,也就是仍相信家人有一天会来接自己回去,因此并不需要把这儿布置得多舒服自在。

星期天傍晚,苦瓜脸塔德看起来比平常更疲惫,没有刮胡子、梳头发,外表看起来就像是准备自杀的人。他提前非常多的时间,先将双胞胎带到大厅等妈妈,而这有可能是因为兄弟俩已经将他的住处破坏成一片狼藉,而他不知该如何是好。

"说不定苦瓜脸塔德会在今天崩溃。"杰克的语气很微妙,混杂了这里的住户对于彼此的同情与轻慢。

"应该有人赶快帮他灌点可乐才对。"奥利弗用力点头。

因为是星期天傍晚,所以他们正准备去雷霆酒吧大吃大喝。那是在九号公路旁的运动酒吧,以料多的汉堡和好看得夸张的女侍而出名。星期天晚上总是令人低落沮丧,若不是因为儿女没来陪而失落孤单,就是儿女来陪了却又离开,所以感到空虚疲乏。这种时候就需要喝酒、需要调情,幸好在美国这两者都只要走一小段路就能够得到。杰克一如往常地过度打扮,穿着黑色上衣搭配华丽外套——可能是不晓得在哪儿看到了乔治·克隆尼的造型吧。奥利弗身上是不怎么相衬的工作裤和棒球帽。虽然席佛自认为是介于两人之间,但他身上的牛仔裤与深色针织polo衫,站在杰克旁边顿时相形失色,沦为跑龙套的背景角色。

在外面的车道上,杰克与奥利弗坐在喷泉边缘抽雪茄。

---

① Little Orphan Annie,是美国连载将近八十六年的漫画。

这行为要比看起来复杂得多。首先，奥利弗会从上衣口袋掏出两根锡管，打开盖子，接着杰克会拿出雪茄剪刀，在奥利弗的监视下端详今天的好货，小心翼翼地割开来。与此同时，奥利弗开始滔滔不绝说着自己从什么地方弄来雪茄，而这雪茄比起别的牌子好在哪儿，或是在整个雪茄世界中占了多重要的地位等等。每次杰克听到这儿，就忍不住要提起他以前抽过多棒多好的雪茄，巨细靡遗地交代人物、时间、地点这些对其他人来说没有任何意义的资讯。最后奥利弗会拿出他那个有画押字的高级打火机，喷出蓝色火焰点燃雪茄。至于席佛则已经在一旁扯掉不知多少头发，被两人给搞得超级无敌闷。

雪茄正流行，不管结婚的还是离婚的都爱。结了婚的男人抽雪茄，短暂得到自由的假象；离了婚的男人也抽雪茄，排遣周日晚间袭来的凄凉悲哀，无论哪一方都停不下来。源于种种弗洛伊德说过的心里匮乏状态，这些中年男子拿起一卷烤过的叶子来抽，还为自己的男子气概扬扬得意，这现象可说是行销学的一大胜利。

那两个家伙搞定雪茄的时间，足够写下一部史诗、记录一国兴衰，所以他们三个人现在还在车道上，瞧见了苦瓜脸塔德的前妻开着一辆银色小休旅车进来。她一脸刻薄样，嘴唇窄得像片纸，摆出那种多年前认知到自己是地球上唯一有用的人的神情。看了双胞胎一眼之后，她对着塔德破口大骂。

看看他们变成什么样！乱七八糟的，你怎么可以让他们这样子出来？他们脸上那团粉是什么？你居然给他们吃甜甜圈？他们都来这里三天了，你有没有给他们洗澡啊？我的老天，塔德，就算把他们丢进狗笼里都比你照顾来得好！

苦瓜脸塔德没有回应，低着头站在原地，像是大树承受着风暴。塔德的前妻总算骂够了，她摇头好一会儿，然后靠上前帮他翻了翻领子，接着席佛讶异地看见她竟迅速在塔德脸上吻了一下，才带着儿子上车离开。这是爱吧，席佛心想。双胞胎兄弟从车窗内朝父亲挥挥手，苦瓜脸塔德就站在路中间，也漫不经心地与他们道别，直到车子过了转角，他脸上才闪过一抹哀伤。那煎熬的表情，令席佛见了不忍，只能别过眼睛。

他曾经喜欢过一个叫做梅根·唐纳修的女孩。那女孩有着杨柳细腰，身段婀娜多姿、一双娇媚的猫眼，是一个充满激情的素食主义者。两人给彼此写了长长的情书，就塞在彼此的置物柜内，心里引用了许多没几个人听过的摇滚乐团的歌词。有时候当梅根穿上毛茸茸的高领上衣时，看起来会令人想起圣诞节的早晨。那一年，他们十七岁，还在读高二。这女孩是他第一个说了"我爱你"的对象。更精确一点，是"我也爱你"，但这只是语意学上的一点点小差异。两个年轻人都受到内分泌系统的控制，根本无法抗拒体内大量的荷尔蒙。于是梅根想尽办法留住贞操，就如同他想尽办法抛弃贞操一样。或者换个角度来说，那时候的他就只想偶尔尝尝汉堡，却又不愿承担杀害动物的罪孽。

11

莉莉今天穿了灰色连帽运动衫,上面还有一些痕迹可以看得出热印上去的母校名字。感觉起来就像是她在大一那年反复穿着这件衣服,又或者原本是前男友的,上头还留有一些对方的气味。席佛想象着她在小公寓里,随着音乐让自己的心神回到过去,手指下意识地抠着衣服上的印子,直到字都烂了,不得不撕下来为止。他觉得这种行为当中存在着一种隐喻,说不定可以谱成一首歌。但是距离他上一次写歌已经不知多少年了,他感觉得到自己身体里的创作冲动已经消磨殆尽,光是想着要写些东西,感觉就已经非常生疏,完全想不起来当初的创作经验。

莉莉唱着歌,歌词里面有鸟、有虫、有雨、有车,还出现了约翰·雅各·金格海默·舒密特①。孩子们又围在她身边一起唱,她闭着眼睛,露出微笑,用手背敲着吉他弦打节拍。在她击出高音时,那阵阵嗡嗡声如静电般窜入他耳里。席佛耳鸣对于高音相当敏感。他像以前一样躲着偷看,心想这份工

---
① 外国童谣中拿来取笑的冗长人名。

作应该薪水不高，莉莉大概是喜欢小孩子，再不然就是真的很缺钱。他想象着这两种情况，但私心希望是后者，毕竟充满爱心的人对他而言还挺棘手的。到现在为止，席佛还是不知道自己究竟被莉莉的哪一点给吸引，也许是她的活泼开朗，又或者是她清澈纤细、带着颤抖的歌声。那歌声中有一种甜美，席佛觉得那应该发自于莉莉的人格。

不过，不管她的魅力在哪里，反正席佛连与人家目光交会都有困难，他只能眼睁睁看着莉莉收好吉他，从经营这间书店的两个身材过度健美的女同志手中接过支票，然后走出门口。莉莉会从他身边经过，两人短促地朝对方瞟一眼，而每次在莉莉转头之前，席佛自己就已经先别开眼了。

只要与女性接触，席佛就会羞涩起来。喝点酒会有帮助，不过书店里面当然不卖酒，更何况下午三点钟自己翻了一本杂志，但仍旧想不出任何一句话可以对她说，因为他不敢表露自己的欲望。问题是，搭讪女孩子，只要开口就等于泄露出意图了，偏偏席佛一想到要将自己的心意摊开给对方看，心脏就好像要停下来似的。

他已经独身太久了。其实没有什么可失去的，只要能得到什么都算有赚。说不定莉莉也很孤单，他几乎可以肯定是这样，因为莉莉的歌声中带着寂寞。也许她很高兴有人上前攀谈，毕竟那也是种可能性。这样评估起来，被拒绝的风险根本不值一提才对。可惜对席佛而言不是如此。他目送莉莉离开，门铃一阵叮叮咚咚，门关上了。席佛觉得这不过是自己误入歧途的人生之中，另一个小小的错误面向。

12

　　凯西这辆英菲尼迪的烤漆是白色的，皮椅是深色的，还弥漫着新车的味道。立体音响里传出的鼓声与贝斯声，如同乘坐起来的感觉那般顺畅，在他皮肤里跃动着，可不是她的亲生父亲，但那人的收入比起自己要高多了。

　　一个人住，代表思考的时间很多，虽然不一定能想出结论，毕竟只会有很大一部分是智能与自我觉察的融合，并不和时间成正比。然而，时间一多，自然而然就学会了如何只用正常一般的时间，就把自己的思绪丢进永无止境的绝望回圈之中。因此，席佛坐在女儿的车上，听着日本制的引擎夸耀着一个十八岁女孩根本用不到的超大马力，各种黑暗深沉的念头涌上脑海，以前所未有的速度扩散蔓延开来。

　　从他的角度看来，每个离开他身边的人，生活都大大地改善了。狄妮丝找到好老公，凯西有了好的继父，派特·迈瑞迪演艺事业有成。仿佛他是更上一层楼的垫脚石一样。不对，形容为垫脚石，感觉好像他有帮上什么忙似的。其实他像是飞机的压舱物，必须丢出去，然后才可以起飞。

席佛转头看着凯西,女儿随着广播轻声哼着一首滑稽又死板的歌曲。自动调音真是个该死的新技术!女儿在他眼里还是这样年轻,年轻到不该承受他与狄妮丝之间的纷扰,年轻到不应该开一辆价值四万美元的汽车,更年轻到不应该载着坐在前座的父亲,两人一起前往堕胎诊所。而且女儿之所以会带上他,竟是因为她太爱母亲了,不忍心让母亲卷进这惨淡不光彩的事情之中。

"早期疗愈"就位于I-95公路旁的园区,距离榆溪市不过几里远,招牌上只有简单的缩写EI,背景是粉红色的苜蓿叶形状,看来格外隐秘,却又活泼得奇怪。凯西将车子停好以后,父女一起穿过小型户外广场,许多人聚在这儿大口地抽自己的烟与别人的二手烟。

"我车子出什么事了吗?"

"嗯?很棒的车子啊。"

"你讲什么啊?我是问你'我车子锁了吗'?"

"噢,我不记得啦。"

凯西露出一副哭笑不得的表情:"我说席佛,你还好吗?"

他真希望凯西可以叫自己爸爸:"还好。"

回想起来,席佛发现他并没有告诉过女儿自己有耳鸣问题,现在那嗡嗡声大得像是警车在耳里呼啸而过,凯西的说话声如同穿过一层杂讯才能进入他脑子里。

"你看起来……有点心不在焉的样子。"

"我没事,耳朵有点不舒服。"

凯西又望着他好一会儿,接着小跑回去,在感应范围内用遥控器重新锁了车门。看着女儿跑步,席佛胸口突然一紧,喉咙毫无预警地哽咽起来。不知怎地，一段记忆凭空浮现：下雪的傍晚，狄妮丝、凯西和他三个人不知从什么地方走回家，凯西跑在前面，爬坡上去之后，就是他们在鳕鱼角买的房子。会买在这儿也算一时冲动，几年前狄妮丝说自己怀孕以后，他们就定居下来了。那一年的凯西，身高只有两尺半（大概 84 厘米左右），她高高抬起腿，动作好像士兵，走在积雪上的神情好不快乐。"她好漂亮，是吧？"狄妮丝说。席佛望向狄妮丝，她头上雪花如冠，闪闪发亮，在那当下，他意识到自己陷入更深的爱恋之中，他深爱狄妮丝、深爱小女儿，也深爱着自己的家。凯西的靴子在周围踩出许多小脚印，她兴奋地尖叫着，席佛暗忖，那是人生中最完美的瞬间。

"席佛？"

凯西走了回来，脸上挂着不太确定发生什么事的微笑。

"你确定真的要这样做？"他这么问。并非因为心里有更好的方案，而是知道若事后回想起来，自己居然没开口问的话，一定会后悔。

"你有更好的办法？"

"没有。"

"因为还算早期，他们说可以用子宫吸引术，基本上就是强制排卵，所以不会痛，也不需要休养，我根本不会有感觉。"

"好吧。"

"你会保守秘密吧？"

"会。"

他不得不承认，能与女儿分享一个秘密，感觉很棒。

"谢了。"

"谢什么？"

"你没因为我忘记叫对方戴套，而骂我是笨蛋。"

"我想，不用说你自己也知道吧。"

凯西笑了。不过，他们两人都还没有朝诊所门口靠近。

"你性经验多吗？"

凯西被问得措手不及，愣了愣，但似乎挺高兴有人会这样问她："是第一次。"

"真惨。"

"对啊。"

"那过程如何？"

凯西想了一段时间才开口："其实很棒。"她说完忍不住落泪。

需要填写的表单不多，反正 EI 没跟保险公司合作，而且就算有，凯西也不打算用，否则等到理赔单出现在狄妮丝的电子邮件里，她可不知道该怎么解释。所谓的早期疗愈手术要六百二十八美元，席佛心想不是整数实在很奇怪。他带了现金，也因此户头里的钱又被砍了将近一半，为此更加觉得这诊所一定是非法营运。付款之后，他陪着凯西进入一个小房间等候，里头有两张皮沙发、一台饮水机，以及两张小桌子，桌面上摆满各种小手册，试图美化当下的处境。

凯西拿了一本起来读给席佛听："全部过程仅花不到十分钟。过程中所引发的腹部痉挛程度应可忍受，且只持续数分钟，事后不需恢复期，离开之后即可从事日常活动。"

"听起来挺不错的。"席佛回答，"那为什么不是每个

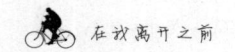

人都选择这种手术?"

"只有前五到十周可以这么做,迟了的话就得动刀。"

两个人静静坐着好一会儿,席佛靠在椅背上,闭上眼睛,突如其来的一阵强烈疲惫如海浪般拍打过来。

"可以跟我说些事情吗?"

"什么事?"

"随便什么事情都好。在他们准备之前聊聊天啊。"

"我不知道该聊什么。"

"你寂不寂寞?"

"现在?"

"平常。"

"不确定。偶尔吧。"

"你有女朋友了吗?"

"没有。"

"炮友?"

"是有带过一个女人回去。"

"感觉怎么样呢,席佛?"

"她只想叫我抱着她而已。"

"唔,好吧。"

"其实也无妨,性爱并不是两人关系之中最重要的……"

这个男人在堕胎诊所的等待室里对怀孕的女儿这样说。

席佛笑了。尽管自己没尽到多少力,这孩子长大之后依旧漂亮又聪慧,很能调试自己。与她相处起来,有时那份失落感会大得将他的肺给压扁,或许这就是离婚以后自己一直不敢常回去的原因。

房间太暖了些，就算坐在出风口下面也觉得不舒服，而且他左耳的耳鸣现在就像是放鞭炮一样。席佛屏住呼吸，手掌捂住耳朵，喉咙发出咕噜声来对抗耳里的悲鸣。过了一会儿，耳鸣总算消退了些，再过了半晌，什么声音都没了，静默如同神迹般占据了他的脑袋。

"爸！"

他仿佛听见凯西这么叫他。

睁开眼睛，却发现凯西站在他面前，一脸惊恐。

"你怎么了？"她问。

他张开嘴巴，想说自己没怎么样，就是累了而已。可那几个字在喉咙成形，却吐不出去。凯西消失了一会儿，回来时，身旁跟着一位穿着医师袍的中年女子。

"席佛先生？"对方问。

"我当然听得到啊……"他想要站起来，身体却没有反应。他的四肢不肯动，嘴唇也不肯动，喉咙发不出声音。席佛又闭上眼睛，还不明白为什么耳里一点嗡嗡声也没有，世界陷入无声之中。他已经好几年没有体验过这份寂静了。他真希望可以用这份平静紧紧包裹自己，躲在里面大哭一场。

可是等他再度睁开眼，人已经在医院里了。

13

若说起在医院里醒来的好处,就是即使脑袋像个接触不良的灯泡般忽明忽灭,却也只需要那么一点点的情形就能够判断出自己身在何处。心率仪的哔哔声、工业用消毒水的臭味、过于平整的被子,还有妻子就坐在一旁。

应该是前妻。

嗯。

狄妮丝正眯着眼睛看杂志,神情就跟以前眯着眼睛看席佛差不多,仿佛是个技工,想找出哪一条电线没接好,才导致他的功能失调。这种遭受鄙视的惯常感受已经成为他短期记忆的基底,使他的大脑从朦胧之中回过神来,然后想起原来这感受一直都埋在心里。

她抬起头:"你醒了。"

看样子她并没有很担心,这或许是个好消息,又或者只是因为她真的一点也不在乎。说穿了,在这个节骨眼上,席佛的生死对狄妮丝也不会造成什么变化了吧。应该说对谁都不会有影响才对的。一想到这儿,席佛又想闭上眼睛,回到那片无梦的虚无之中。就在这时,他听见门铰链发出尖锐的嘎嘎声,接着是一阵脚步攒动。

"爸?"

他睁开眼睛,看见凯西站在床头,手里拿着一罐健怡可乐,吸管有被咬过的痕迹。

你叫我爸爸了呢。

"可以讲话吗?"

我很好啊,凯西。

她一脸不安,转头问狄妮丝:"他为什么不开口说话?"

狄妮丝靠近他大声说:"席佛,你有办法讲话吗?"仿佛他是个三岁孩子似的。不过,她以前对墨西哥籍的园丁这样大呼小叫过。

我当然可以讲话啊,我不正在讲了吗?

狄妮丝站起来,将整张脸挨到席佛面前:"假如你听得懂我说什么,就眨一眨眼。"

这是干吗啊,狄妮丝?

"我去找李奇过来。"凯西跑了出去。

"你没事的。"虽然嘴里这样说,但狄妮丝脸上又露出了同样的表情。就好像是在说:一点也不意外,又要替你擦屁股了吧。

他们初次见面是在布鲁斯哥的婚宴上。最漂亮的伴娘并不是她,而是安卓亚·鲁曼尼,一身紫红色礼服勾勒出她的曼妙身材,除了新娘之外,摄影师就只想跟着她。第二名还是轮不到狄妮丝,因为有个汉娜·里斯,她在胸前挤出了一条海沟。但第三名就非狄妮丝莫属了,或许看起来比较朴素,但温柔的五官散发出低调的优雅,笑容灿烂且发自内心。她看起来懂得自娱娱人,这也是席佛想在约会对象身上找到的特质,这种性格的人比较不会急着笑他。

喝了几杯酒,平抚内向的那一面以后,席佛尽可能将凌乱的头发给理整齐,赶快吞一颗薄荷糖,大胆地在狄妮丝身边的空位坐下。

"你应该要玩得更开心一些。"他开口。

那时候的狄妮丝已经当过太多次伴娘,也正好多喝了点酒,后来席佛就没再看过她喝那么多了。与微醺的狄妮丝聊了十分钟以后,从她展现出的友善和风趣之中,席佛立刻意识到,只要自己好好地听她说话、富有同情心地点几下头、陪她跳几支慢舞,等到婚宴结束,这个女人就会愿意让自己解开那件麻烦的礼服了。婚宴场地在希尔顿饭店,狄妮丝事先定了个房间省得麻烦,这样更好,不坐车的话,就不容易忽然清醒,然后改变主意。

所以两人一起跳舞,席佛做些逗趣动作惹她发笑,随时帮她加点酒,分量适中,让她保持微微晕眩,却又不会直接倒下去。过了几个钟头,彼此之间只出现一点点小尴尬,于是两人进了她的饭店房间,看着她那脆弱疲惫的模样,席佛身体里的某部分苏醒了,他凝望着她纤细的脊椎,她的皮肤如此光滑细嫩。席佛心想,这女人的美必须慢慢品尝,而他很庆幸自己不但好好地欣赏了,还能与她同床共枕。

原本他打算趁狄妮丝还没醒来,一大早就离开,没想到自己睁开眼睛时,狄妮丝已经在淋浴间了。趁女方洗澡时悄悄离去，似乎太不地道，和她一觉醒来就发现身旁没人的气氛大不相同，虽然他自己也说不上为什么会有这种差异。结果，他留下来共进早餐，狄妮丝提到自己快要取得房地产方面的证照，他则说自己在玩乐团，此外他也很高兴这次不像以往一样，会听到对方表示后悔，口口声声都是"我从没这样子过"、"我真糟糕"之类，他对那些话很敏感。就这样，他们开始交往，后来结婚、生了小孩，等到席佛意识到命运之骰在自己太晚醒来时已经掷了出去，当然太迟了。他爱上狄妮丝，有一大部分是因为这女人当下居然没有后悔与自己上了床，问题是时间一久，她还是会。

14

宣布他即将死亡的医生,正好也是两周半之后即将娶他前妻的医生。这故事或许有什么隐喻,又或者反映出他近期人生充满了因果报应。

李奇·赫斯汀身段高瘦,脸形窄长,杂乱的眉毛稍微弥补了发线后退的问题,但那张脸看上去就像是只装满心事的猫头鹰。他给凯西买了车,之后也会帮她付大学学杂费,所以他不但取代了席佛的丈夫地位,连带把他父亲的身份也抢走了,只不过事实摆在眼前,他做得要比席佛好太多了。而且席佛还真没办法讨厌这个人。也不是说他没试过,他很努力想在心里培养出对李奇的轻蔑和不屑,可是李奇这人有种纯真的特质,叫人没办法一直挖苦下去。更糟糕的是,他好像挺喜欢席佛的,这实在太难得了。所以,尽管李奇亲口宣布他快死了,席佛还是没办法对他生出一丝憎恨之意。

"是主动脉剥离。"李奇的语调很低沉。

"什么意思?"席佛终于恢复动嘴讲话的能力,可是发出的声音仍旧有些奇怪,不像他印象中自己的咬字,仿佛飘浮在空中，失去原有的意义。

李奇拿起扫描片，看起来不单纯是要解释，更像是想找掩护躲起来。

"动脉内膜这里有空隙。"

"天哪，看起来很糟糕。"

"确实。"李奇放下报告文件，"血液会冲进那个缝隙里面，填满以后将动脉壁往外压迫，最后会裂开。这也称作主动脉夹层剥离。"

"会死吗？"

"可以致命，但你现在的状况暂时稳定下来了。TIA 让急诊医生判断出问题所在，紧急做了 MRI[①] 找到剥离为止。"

"李奇……"

"嗯？"

"不要用这么多医生术语。"

"啊，抱歉，席佛……"李奇是真的感到歉疚，眉毛在宽额头上往内挤，好像蜈蚣爬行似的。凯西还小的时候，席佛为她念过书上的一个小故事：蜈蚣一直爬啊爬的，吃了水果和蔬菜，最后会咬破那本故事书爬出来。凯西听完咯咯直笑，席佛不知道为什么，但还记得小女孩那天真的模样。

"TIA 是指短暂性脑缺血，也就是小中风，所以造成你先前没办法好好讲话。"

"哦。"

"血液流入缝隙造成动脉壁膨胀，有时候会导致小血栓，

[①] Magnetic Resonance Imaging，核磁共振摄影，是利用核磁共振的原理为人体内部的结构与器官造影，并可针对某一特定区域进行不同断面的切片扫描。

如果血栓流入脑内，就会损害到脑部功能。"

席佛花了一分钟的时间来消化这么一大串资讯。他想象着自己的动脉就像是没有卷好的花园水管，弯来弯去出现损坏。这发生在他身上好像挺理所当然的。

"所以我快要死了？"

"不是这个意思！"李奇提高音量，还跳了起来，"我们及时发现了，之后会进行紧急处理，做完手术以后，你就不会再有状况了。"

"嗯……"

"唔，我不是故意要把手术讲得都没有风险，但你还年轻、身体健壮——"

"我有主动脉剥离，还刚中风过，哪里身体健壮啊！"

"呃，嗯，是啦，但我是说以手术来讲，你的状况算很好。我打算明天早上第一刀就先帮你做完。"

"由你操刀？"

"对。"他看了席佛一会儿，"你会觉得不适合吗？如果有顾虑的话，我可以转——"

"不会。"

"确定？"

"要开刀的话，我会希望由你来开。"

"这么说我就放心了。"

"但我并没有要开刀。"

李奇大吃一惊，其实席佛自己也大吃一惊。李奇的眼睛瞪得超大，非常担心的模样。他真的是个好人。但席佛也真的很想揍他。

"席佛,不动手术的话,你会死的。"

"什么时候会死?"

"没办法预测。可是你的主动脉迟早会裂开,我跟你保证。"

"我明白。谢谢。"

"我怎么觉得你不是真的明白呢。"

"我比外表看起来聪明啦。"

李奇环视周围一圈,今天他本来没有值班,是为了这件事特地赶来医院。

"席佛,你还有个女儿啊。"

"她有你照顾。"

直到看见李奇哀伤地摇头,席佛才意识到自己居然真的说出口了。在这种烂好人面前,总会表现出最混球的那一面。

"抱歉,李奇,我不是那个意思。"

李奇点点头,接受他的道歉:"你听我说……"虽然他这样说,但席佛根本听不进去。他知道李奇滔滔不绝地想说服他,但那些长篇大论纠结成团,沉入背景之中。他只听见耳里的嗡嗡声,整个大脑都被覆盖,于是他闭起眼睛,意识消失在那温柔却又愤怒的噪音中。

他爱过一个叫做艾米丽的女孩。艾米丽是救生员,深色头发微卷,看来总像刚被一阵微风吹过。他们第一次接吻也是这样的感觉。他们待在他的车上,拥抱道别。两人想出一大堆理由,解释为什么不应该交往,主要都是时空因素,也反反复复讲到都腻了。艾米丽在他额头上吻了一下,席佛则吻了她的脸颊,接着又互拥。他感觉到女孩身子颤抖,柔嫩的脸颊在自己粗糙的皮肤上摩挲。艾米丽的手指探进他的头发里，两个人的嘴唇游移，最后装作讶异地彼此交会。在喘息与呻吟中，他们还是屈服于那又湿又热的坏主意。有许多因素阻碍两人的感情，究竟是些什么无法跨越的难关，席佛后来再也想不起来。他们能够拥有的，就只是甜蜜热切且无穷无尽的吻。一夜又一夜，那些吻折磨着他，那段爱完美无瑕，而他无法握在手心。

15

接下来的几个小时里,席佛隐隐约约能察觉到很多人在病房里来来去去。他的爸妈来了,似乎靠在窗台边,安静地从阳台往下望。小他三岁的完美弟弟恰克进进出出的,带来点心与咖啡给爸妈。狄妮丝在走廊上一直拿着手机讲电话,可能正在为婚礼做最后的筹备。凯西一个人坐在角落,蜷缩在唯一一张椅子上,一条腿不客气地跨在扶手上。她用忧郁的眼神看着父亲,绷着一张扑克脸,眼眶红红的。席佛不免觉得对不起她,但仔细一想,反正他每次见到女儿不都充满歉疚吗?或者应该说他根本就是给大家添了麻烦。得加上"又"才对。

"他醒了。"凯西说。

卢本和伊莲立刻抬起头。恰克将正要送进嘴里的三明治放下来。"嘿,"弟弟开口,"大家很担心你呢。"

"你怎么会来?"席佛问。

恰克看起来很担心:"你住院了呀。"他回答得很慢、很大声,简直把席佛当成老人家了。

"我知道。"席佛说,"我只是不懂你怎么会过来。"

"你是我哥呀。"恰克说。

席佛耸耸肩:"我们感情有这么好吗?"

恰克显然有些被这句话给惹恼了,而席佛则是正在思索为什么自己会这么说,但还没找出答案,狄妮丝已经拉着李奇进来。她看起来气色很好,穿着简单的黑色毛衣和牛仔裤。尽管他早已经麻木了,还是觉得内心某个脆弱的部分轻轻被划过一刀。

"嗯,"她一脸正经,"你知道现在的状况吧,席佛?"

有什么地方不一样了。他还分辨不出来,但察觉到一切都变得鲜明、变得靠近。狄妮丝的声音、医院的气味、天花板上日光灯发出的轻微低鸣。

"我想喝点水。"他回答。

"你需要的是动手术。"狄妮丝说,"明天早上,八点钟。我们取消了今天的晚餐约会,好让李奇回去睡饱些。"

"我会全力以赴的。"李奇微笑着说。

"真谢谢你。"

狄妮丝晒黑了些,皮肤在这一片惨白的房间里好像会发亮,牙齿也比以前白了,但席佛不确定是因为与肤色产生对比,还是她为了即将到来的婚礼特地去做了美白。

"所以你会接受手术吧?"他母亲问。

"不会。"

狄妮丝嗤之以鼻,像是代表众人似的用力摇起头来。"席佛,你少在那边胡闹。"听在外人耳里会觉得她就只是火大,但席佛却可以听得见她声音中的关怀,那是残存的一点爱,以可悲的形式温暖了他的心。

凯西用塑料杯装了冰水给他。席佛两大口吞下去，舌尖尝着碎冰。以前他从没有好好体会过碎冰在嘴里融化的感觉，居然能因为舌头的热度而如此轻易地变换形态。

他望向狄妮丝："你是不是做了牙齿美白？"

"什么？"她黝黑的脸颊隐隐透红。

洁白的牙齿、古铜色的肌肤，眼睛比起记忆中更湛蓝。她美得令席佛心痛。

然后他才注意到病房里每个人都瞪着自己，表情是既关心又懊恼，好像他们都读到了席佛内心的思考。于是他才明白，他真的将心里想的事情都说出来了。

"你什么毛病啊，席佛？"

"主动脉剥离。"

"我是说你干吗讲那些话？"

李奇清了清喉咙，上前用笔形手电筒往席佛眼珠子一照。"他可能有TIA。"

"就是小中风。"席佛不忘对站在床边一脸担忧的凯西解释，"别怕，孩子，我很好。"

"快跟他讲点道理。"伊莲说。

"你必须动手术，席佛。"李奇说。

席佛望向狄妮丝，狄妮丝异常地沉默了。

"我好想念和你的亲密关系，亲热之后你都会吻我。"

"我的天！"凯西大叫。

"老天，席佛！"狄妮丝接着叫。

"我一直以为我们会复合。"席佛继续说。

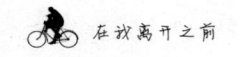

"爸,够了!"凯西眼中涌出泪水。

席佛不知道自己为什么会说出这些可怕的话,或者应该说,他不明白这些话哪里可怕。有什么地方不一样了。但还是改变了。他不知道改变的究竟是什么,何况他也无能为力。

"对不起,凯西,每件事都很对不起,我真的是个烂透了的爸爸——"

"别说了!"

"不能给他打一针吗?"狄妮丝问。

"他生命迹象稳定,没有理由打镇静剂啊。"

"你没听到他讲了些什么话吗?"

席佛看着凯西,忽然感觉自己脸上有热泪滑过:"你需要我的时候,我不在你身边。我真的很想陪着你,但是光看着你,我就觉得好心痛。我好想你,好想过去那段日子,但回不去了,只有离得远一点,才不会那么难过……"

"别说了,席佛……"

"一转眼你已经长这么大,当年的小女孩不见了。"

"我还在这里啊。"

"你都已经怀孕了。"

凯西错愕地闭上眼睛:"爸,你去死啦!"

他心里想着:女儿叫我爸呢!

"他说什么?"狄妮丝问。

一瞬间的沉默是最后的喘息。下一刻,病房陷入暴动。

大叫大闹、无意义的提问、各式各样的后悔和心酸,就这样持续了好一阵子,结果只是引发出更多的咆哮。中间出现奇迹似的空当，卢本立刻干咳两下，集中了大家的注意力。在宗教场合待久了，就能训练出这种本领。没两下就将其他人都赶到走廊，关了门以后，拉张椅子坐在席佛的病床边，脸上露出沉重的微笑。看着父亲伸手前后调整黑色小圆帽，那动作太熟悉了，席佛喉咙又哽咽起来。接着卢本点了几次头，不知道点头的对象是儿子还是上帝。

"好了，"他苦笑道，"总算离开菜市场了。"

"是我的错。"

"你确实也有些责任，但我想不能全部怪在你头上。"

"我做的每件事情、我碰过的每样东西……"席佛的思绪无法连贯，与父亲讲话使他情绪激动。

"其实楼上有精神科。"

"去你的，臭老爸。"

"给你参考啊。你不知道该做出什么抉择，找人谈谈也许会有点帮助。"

"我没有不知道，我已经做了决定。"

"好吧，那我不知道为什么你会做出那个决定。"

"所以是你该去找人谈一谈。"

卢本笑了笑，然后凝望着儿子。那是真正地看着一个人，一般人几乎已经忘记要如何这样做。在那样的凝视里，有赤裸裸的爱与关怀，是一个真正的父亲对孩子的感情流露。席佛看着父亲眼周的细纹、下巴松弛的皮肤，感受得到一股深切的疲惫。传教五十年，本就看尽悲欢离合，如今面对的却是自己的家人。

"你想死吗？"卢本问。那语气并非质疑，只是想明了。

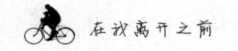

"其实不想。"

"那这是怎么回事呢？"

席佛并不想回答，可是这句话自然涌了上来："我不确定自己想活下去。"

卢本闭上眼睛默默思考，起身轻轻拍了拍儿子的腿。"我明白了，"他说，"那就让你自己决定。"缓缓走到门口以后，他回头又补上一句，"假如我有投票权，那你记住，我是投给动手术的。"

席佛目送父亲出去，心头蒙上罪疚与惭愧。卢本是个好丈夫、好父亲，但自己却没办法像他一样。然后他又想象着每一次卢本看着自己的时候，心里某一块地方也慢慢地死去了。

他可不希望别人误会，其实自杀的经验也不过才那么一次，而且连尝试都还算不上吧，根本只是闹着玩而已。事情发生在狄妮丝将他赶出家门后没多久，也就是派特单飞且平步青云之后一年左右。失去了家庭、住处、身上也没什么钱，席佛不得已放下身段，与史考特·奇的乐团一起去酒吧表演。休息时，他去吧台狂饮，在一段舞曲与翻唱得乱七八糟的马文·盖名曲《开始吧》之间，他忽然清楚意识到自己的人生已经损坏到无法修补的地步。

他想过要从桥上跳下去，或者割腕也可以，但这两个办法似乎无法百分之百成功，要是失败了，反而还会痛得要命，难道他还嫌自己过得不够痛吗？可惜的是，就算他手上有枪，也没办法相信自己打得中。

有一天晚上演出结束后，他坐在还没有家具的公寓里，

iPod播放弯雏菊的歌曲，喝着剩下半瓶的海尼根，开始不断吞进不难买到的非处方安眠药。他记得自己忽然大声唱起《支离破碎》，当他再度清醒的时候，已经过了三十个小时，脸被凝固得像水泥的呕吐物固定在地板上。好不容易坐起身，他察觉到两件事，首先是他在睡着的期间直接大便在裤子上了，再来是他失去了杀死自己的那份动力。席佛花了半小时的时间，爬进浴室好好洗个澡。自杀没有想象中容易，面对自杀失败之后的清晨，难度又更胜一筹。

在病床上躺得太久，就会觉得自己连走路都没办法走。或许席佛真的没办法做些其他的事情，但他还不想连走路都放弃。亚麻地板在脚底下触感冰凉，几近尖锐，空调则像凉风吹拂着他的大腿和屁股，也就是病人服没贴着身体的部位。他站着好一会儿，打量着周遭，感觉好像什么都浮动着，不过，每天早上他从自己的床爬起来时，那种摇晃的感觉更严重。

他扯下手腕上的点滴针头时，血液在半空中喷溅成一道漂亮弧线，也在病人服上染了一道红，他吓了一跳，赶紧用另一只手压住针孔。谁想得到他体内还有这样的生命力？席佛从旁边抽屉翻出一块纱布盖住，片刻之后，纱布就黏在了伤口上。

他探头到走廊上张望了一下，看见大家都在那头的休息区等候，或坐或站地占据了两张长沙发与一张躺椅。那个完美弟弟的完美老婆露比也赶了过来，陪在伊莲身旁的模样，好像以为有遗产可分一样。席佛知道自己这么想很不公平，一直以来，露比对他都很好，即使他因为这样的温柔对待而觉得不自在,也不应该怪在她头上。

"该来的应该都来了吧?"

"嘿,杰克。"

杰克悄悄地跟在席佛身后等着别人发现,他就爱来这招:"还真是一团糟。"

两个人望向走廊彼端,席佛的前妻与她的未婚夫、席佛那个怀了孕的女儿、席佛的好弟弟与好弟媳、席佛的年迈双亲。这些人为了他来到医院,但却也说明了即便没有他在场,大家也都相处融洽。依照过去的经验,事实也的确是如此。

"奥利弗在停车。"杰克说。

"叫他别熄火。"

杰克眉毛一挑,朝他身上的病人服看了一眼:"我们要逃出医院吗?"

"对。"

"这算明智之举?"

"不算。"

杰克摇摇头,微笑着掏出手机:"酷。"

16

开车回家的途中,狄妮丝一直在前座啜泣。凯西很想叫她闭嘴。她当然爱自己的妈妈,但这么多年的单亲养育经验,导致狄妮丝把自己定位成类似烈士的角色,倾向将别人的问题都看作是添加在她肩头的重担。

"我的天,妈,你可不可以休息一下?"

"我未满二十岁的女儿怀孕了,我很难过!"

"你有没有考虑到,或许你女儿自己也很难过?"

"当然,我只是……你怎么可以这么做?你明明很懂事。"

"这很显然是个意外。"

"你的意外就是和人没做防护措施就发生关系?"

"如果我说是被强暴的话,你会比较开心?"

"别说这种话!"

"我想知道你什么时候才不是为自己难过,而是替我想一想。"

"大家都先冷静一下吧。"李奇开口。

"相信我,我是真的为你感到'难过'。"狄妮丝的语气总让凯西想知道放火烧人是什么感觉。

"狄妮丝——"李奇淡淡地提醒。

"比起来,爸就处理得好多了。"凯西知道这句话的威力跟手榴弹一样。

狄妮丝猛然转身瞪着凯西,泛红的眼睛喷出怒火:"当然啦,他最擅长的不就是一切都搞砸。看到你继承了这本事,他一定很开心。"

"哦?你可没有只顾自己,和某些人不一样呢。"

"那你搬去和他住好了。想必你们两个——抱歉,是你们'三个'——一定会过得非常非常幸福。"

凯西将额头靠在车窗上,呼出一口气,在白雾上画下爱心与箭的图案。路旁的行人看起来幸福得不可思议,几乎到令人作呕的地步,仿佛下一秒就要唱歌跳舞了。

"大家心情都不好——"李奇再次试图缓和。

"李奇!"狄妮丝朝他大吼,"够了!闭嘴,开你的车!"

17

　　他快要死了。或许吧。席佛花了几分钟时间整理在泥沼中纠结的思绪,试着确认自己真正的感受。他似乎并不害怕,甚至没什么埋怨。他当然有不少遗憾,但在他还没有要死以前也同样有遗憾。其实知道自己就要死了,他反而松一口气。

　　他坐在桌子前面,望着自己乱糟糟的公寓,有两间卧室、L形的客厅兼餐厅,还有一个开放式厨房。土色地毯脏了又掉线,露出的木头地板需要打磨、上漆,沙发经过席佛七年来的自怨自艾、以啤酒与电视做自我治疗之后,那凹陷再也无法填平了。墙壁上的装饰品也很少,有一幅很大的海景画,是前房客留下来的,没带走的理由显而易见;然后是裱框照片,主角是他与六岁大的凯西。小凯西坐在他大腿上呵呵笑,是狄妮丝趁席佛给女儿挠痒时拍下来的。穿着小背心、小短裤的小女娃儿是那样娇小无瑕,当年的席佛也还身材匀称,并且充满希望,自认为不会让女儿失望。每次望着这张照片,他就感到心痛,所以总会别开视线。另外一个房间原本是留给女儿的,所以席佛将墙壁刷成粉红色,还买了小叮叮①图案的床单,结果凯西后来根本没在这里过夜的习惯,久而久之,房间便用来堆放淘汰的鼓组零件,像是旧的支架、钹、鼓皮、踏板等等。席佛一直舍不得丢掉,还想着如果要搬家就得忍痛分离了。没错,他后来知道这有多讽刺。

客厅的窗户面对着九号公路,白天不管几点钟都可以看见住在郊区的母亲们开着小休旅车来来回回,拿干洗的衣服、去韩国人的水果店买东西,或者外带中国菜日本菜泰国菜。郊区人的生活要是少了这些亚裔会怎么样?还有这些事究竟是为什么可以持续做上二十年,即便小孩都已经是医生或是基金经理人了?入夜以后,这些妈妈就不见了,她们回家为老公、小孩准备晚餐,去处理家务,甚至去火车站接丈夫。每天日落时,这些活动会暂时停顿下来,有一刻短暂的沉寂,象征一天又死去。过一会儿,九号公路再度热闹起来,一群又一群的青少年带着滑板在停车场里玩乐,想从超市或便利商店偷出啤酒,再不然就是一些大学生趁夜跑去时髦的连锁餐厅,那些地方到了晚上反而生意兴隆。有时候席佛望着窗外,一望就是好几个小时,沉浸在人行道、停车场里上演的一幕幕人生百态。世界上其他人的生活都还在继续转动,只有他的人生已经完完全全停顿下来。

席佛揉了揉手腕上拔出静脉注射留下的针孔,这才发现他还戴着病人的塑料腕环。他把它拔掉,朝着老橡木桌一扔。这张桌子是几年前买的,原本的主人是一对年迈夫妻,因为想搬去跟儿孙住近一些,所以在院子里拍卖二手货。老太太

---

① Tinker Bell,小飞侠彼得潘故事中的小妖精或小仙女。

体型很娇小，特地带席佛看了桌子每个角落都刻有她四个孩子的名字开头字母，是那些孩子几年前亲手刻上去的。在老太太心中，这很有纪念价值，可对席佛而言却是该折扣的理由。在讨价还价以后，以七十五美元成交，并且由老先生开货车送席佛与桌子回去。

席佛打开底层抽屉，取出一张纸，是写给他的电子邮件列印出来的。

寄件者：希欧涵
收件者：席佛
主旨：回复：想你

飞机才刚在高威市降落，我就已经疯狂地想你了。我好想念你的微笑、你低沉稳重的声音，还有你的肌肤与我磨蹭的感觉。这几个星期好像一场梦境，真希望不必醒过来。我还以为不可能再像这样恋爱了，没想到还有机会，真是太开心了，但同时又很难过，因为我没办法就这样收拾行李，搬去美国和你一起生活，必须留在爱尔兰照顾我妈和伊莎贝尔，而你也不能说走就走。看样子只能先一年见个一两次面，希望日后时机成熟，可以更进一步。总之谢谢你，那是我生命中最美好幸福的一个月。

爱你的希欧涵

这封信他几乎可以一字不漏地背出来。理所当然，因为内容也是他想的。一个人住的时候，会想要做很多预防措施，他担心自己被公车撞死、在游泳池溺死、忽然心脏病——也许该改称为主动脉剥离——发作而死，届时双亲一定会来收拾公寓。倘若真有这么一天，他觉得自己有责任想个办法，让两老相信他的生活其实并不那么孤独。

席佛取出纸笔，又换了一支有墨水的笔，想了想，便写下一张很简短的待办事项清单。

1. 当个好一点的爸爸。
2. 当个好一点的男人。
3. 恋爱。
4. 死吧！

看起来真是简单，几乎可以说是简约得高贵典雅了。但，还是有许多阻碍。他可以为凯西付出一切，而且他相信自己一死反而就成功了。不过第二点、第三点让他犹豫起来。就理论上来说多么美好，问题是他根本没有实务经验，也不知道该怎么着手才好。

18

　　知道自己要死了之后，做事会出现迥异于以往的清晰专注，好像污秽的世界得到洗涤，人事物都能看得干净利落，在自己的意识流动中找到定位，往四面八方串联，仿佛大脑的连接力飞跃地提升。

　　席佛躺在床上看着指甲很光滑，现在才注意到有好多垂直的纹路，形成了钻石般的切割面。他都咬了这么多年，却第一次看清楚它们的模样。

　　卧室天花板上的灯泡持续发出轻微但可以察觉的嗡嗡声，就像是平克·弗洛伊德①的歌曲《墙上的另一块砖》中，孩童们唱着"我们不需要教育"这句歌词的第一个音符。他还小的时候，父母出门时，请了邻居一个高中女生过来当临时保姆，她用楼下席佛父亲的音响放着这首歌。其实席佛那时早就该睡了，但躺着没睡着，他还以为那女孩请了一票朋友到家里玩，一楼客厅被青少年给霸占了，跟着音乐一起合唱。那时

---

① 平克·弗洛伊德（Pink Floyd）是一支英国摇滚乐队，成立于1965年。风格偏电子和迷幻摇滚，他们不断地演化成一支先锋摇滚乐队。他们哲学化的歌词、声音实验、不断创新的CD封面艺术和精心设计的现场表演都闻名于世。

席佛的年纪太小，还不懂这就是唱片，也没听出唱歌的童音带着英国腔调。那个保姆——名字记不起来了，只知道她有一头莓金色头发，雀斑散在鼻梁与两侧……他还很清楚地记得孩提时自己躺的床，记得他拉起了蓝红条纹相间的毯子盖到下巴，房间地毯才刚用吸尘器吸干净，空气中弥漫一股暖暖的、舒服的淡霉味，暖气发出哒哒声，好像敲打着摩斯电码，而父母在楼下长廊走动时踩出的嘎嘎声，以及如蜜蜂飞舞般低鸣的交谈声使他很心安。清晨时，夜莺不断啼叫唤醒了他，当时卧室天花板上是一个白色塑料球形灯罩，当他拿起玩具变双节棍模仿李小龙时总不小心打到……玩双节棍是隔壁邻居维克特·科罗拉教的，他大席佛三岁，有语言障碍，也有一大堆色情影片，还拥有肌肤纠结的手臂，以前席佛愿意付出一切代价来交换那样的肌肉。维克特除了会耍双节棍，还会从杂货店偷棒球卡，也是社区里第一个有VCR的人。不过也只有两卷而已，一部是《星际大战》，另一部是《火爆浪子》，但直到现在，席佛都将每一幕记在心里……说到心，他将手搁在胸口，感觉得到自己的心脏轻轻地跳动着。席佛跟着那节拍打了一小段爵士鼓，想象着自己撕裂的动脉在显微镜底下随着每个拍子越扯越开，膨胀的管壁像装了水的气球，慢慢地、慢慢地达到爆裂的极限。

他瞬间又重获力量，滚下了床——并非因为高兴或难过，只是重新与宇宙展开共鸣。这是他以往没有过的状态。

进了淋浴间，他赞叹着水泼洒在头皮上、蜿蜒流经胸口的触感。他迷醉在洗发精的香味中，感受着自己肩膀线条多么滑顺，欣赏那块爱尔兰之春香皂上的商标有多美。席佛闭上眼睛、集中心神，水蒸气从毛孔渗入，直到不知多久后水凉了为止。

"你怪怪的。"奥利弗告诉他，"乖乖去动手术。"

"别对他这么刻薄。"杰克说，"他才刚从医院回来。"

"他根本不能出院才对。"

"是你自己载他回来的啊，耍什么白痴。"

"要是你先说了他的状况，我才不带他回来。"

"你又没问。"

"浑蛋。"

"猪头。"

两个人喋喋不休。早晨的天空晴朗无云，三个人又坐在游泳池旁的老地方，仿佛这世界并没有天翻地覆。池畔弥漫着一股惯性，令人隐约不安，好像时间在此停顿，尽管他们都以惊人的速度年华老去。

隔着几张椅子外坐着的是班·艾斯纳，一位被裁员的投资银行顾问，他正往自己胸口抹上防晒油。这人有一阵子相当出风头，因为他与前妻的新欢出现在同一个酒吧，而他拿起了啤酒杯就往人家脸上打下去。只可惜等到前妻的律师出面，当然就没风头可以出了，现在的老班负债累累，还要想尽办法才能与三个小孩维持联络。这阵子他不是跑法院，就是在已经不景气的金融业拼了命想找到一份工作。不知道今天早上是什么风把他给吹到这儿来。

"那，"杰克问，"你有什么计划？"

"我要去找凯西。"

"她生气吗？"

席佛不太确定。溜出医院以后，他就没和凯西、狄妮丝联系了。然而，以往他也鲜少主动打电话，所以这好像也不代表什么。

"她有更大的问题要处理。"席佛回答。

"什么？"

"她怀孕了。"

奥利弗全神贯注起来："什么时候的事啊？"他在椅子里挺直上半身，肚子的脂肪皱起来，层层叠叠仿佛无穷无尽似的。席佛看了心想：每个人身上都有肉，只是别人想不想吃罢了。

"我也不清楚，她是几天前告诉我的。"

左手边是艾迪·班克斯和玫恩·凯斯勒。两个人都刚离婚不久，还在疗伤。不过艾迪反而可以从前妻那边拿到赡养费，因为他前妻是个股票经纪人。至于玫恩，到现在还在前岳父的公司里做事，所以他们两个在凡尔赛宫这群落魄男人之中算是异数。他们也会特别花时间从手机看看那些约会网站有没有新消息，倘若有女人被他们修过图的照片给骗来了，就会露出一脸兴奋表情。

"该死，"杰克说，"怀孕了？我还以为现在的女孩没这么笨。"

"敢情你这位小艾密欧的爸爸，以为自己的儿子是耶稣投胎啊。"

"去你的臭奥利弗，她跟我说有装子宫避孕器啊。"

"那就是你的精子强大到连避孕器也没用，像酸液一样进去了。幸好你们没用其他方式。"

"是的话多好。"杰克闷哼一句。

奥利弗转头问席佛："她要去堕胎吗？"

"应该吧。"席佛回答。凯西的计划没道理会有任何改变，但不知为何，他一说完就觉得心里不太踏实，模模糊糊地有股哀伤浮现出来。

凯西三岁的时候，会抱着席佛的手臂睡着，像个洋娃娃一样。他就躺在旁边，让女儿用两只小手捧着自己的前臂。凯西的手指会拨弄席佛手腕上的汗毛，而席佛也聆听着凯西闭起眼睛后平缓的呼吸。女儿睡着了，他仍会陪在一旁，不愿意轻易抽手，因为他知道过不了多久，女儿就不再那么小、不再像这样缠在自己手臂上，而且他很快就会忘记自己做过这种动作。许久之后，他才会轻轻地起身，来到走廊，往他与狄妮丝的卧室走去。狄妮丝通常已经在床上看书，她戴着塑料黑框眼镜，看起来像是性感女秘书。她会拉开毯子要丈夫过去。能从一张暖床爬到另一张，这是多么幸福的生活，但那几年席佛却不曾细细品味过。

杰克与奥利弗瞪大眼睛看着他。

"我刚刚是不是全都说出来了？"席佛问。

"你的心里话好像挣脱束缚了吧。"奥利弗回答。

"你刚刚完全在自言自语。"杰克也这么说。

"真惨。"

"你说得很顺啊。"奥利弗告诉他。

"说得很顺的意思就是内容很'不顺'。"杰克说。

丹·哈库特出现了，膝盖套着看起来科技感十足的护膝。

他大学时是篮球校队,后来不肯挥别往日的影子,所以现在还会去公园与年轻人瞎混,而那些小伙子之所以答应和他打球,也只是因为他会出钱买饮料请大家喝。但总有一天他会跳起来投篮时(十年前他就已经不再带球上篮了),那早就破烂不堪的护膝也包不住他已经整组坏掉的膝盖,等他重重摔回地面,就会后悔没有及早改打高尔夫。

第一批大学女生来了,在椅子旁轻灵优雅地走动。她们年轻得可以当他们这些老男人的女儿,却又成熟得够让这些可悲的男人更显可悲。

"我好想哭。"席佛说。

"拜托不要。"杰克说,"我求你。"

19

　　狄妮丝与凯西住在北底区，环境还不错，但没什么特色，马路弯弯的，几乎没有人行道。那是一件小小的乔治亚风格红砖屋，前面围墙上爬了一些常春藤，好像胡子一样，也使得这建筑物有种太严肃的气氛。

　　前来应门的是李奇，看起来心情挺不错。他在榆溪市郊区靠近医院的地方有自己的房子，但已经搬过来和狄妮丝、凯西一起住了两年，为她们负担各种费用。从这行为来看，他所展现出的投入与积极恐怕是席佛永远无法了解的。

　　"席佛……"李奇开口。大部分的人认识席佛够久了，叫他的名字时，声音中都会感染一种倦怠，并非名字取错了，也不是咬字不清楚，而是一种特别的语调。印象中，之前李奇并没有与他"熟"到这地步，但显然现在他也进入那个圈子了。席佛觉得怅然若失，因为之前在这房子里，至少还有一个喜欢他的人。

　　"嘿，李奇。"

　　"你不能就那样溜出医院。"

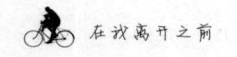

"状况特殊。"

"你有生命危险。"

"还没啦。"

李奇看着他,摇摇头,对于席佛无视于医学建议的轻率态度很不赞同。要是李奇深入思考,无疑会意识到席佛死了,他的生活品质反而会提高一点。可惜李奇已经有二十年的光阴都用在救人一命上,所以不会这样想。

他还站在门前挡着走道,席佛也很清楚地意识到两人的相对位置——无论是门内与门外、家人与外人,或者是两人在宇宙之间的距离。

"我可以见她吗?"

"哪一个?"

"两个一起好了。"他随即又想了一下,"或者随便哪一个。"

"现在不是好时机。"

"所以我才要过来啊,李奇。"

"我懂。但她们现在……还没好。我让凯西晚点打电话给你吧。"

"到时候我可能就死了。"

李奇张开嘴巴想回话,却什么也讲不出来。席佛知道怎么堵住他的嘴,医生有时候在这方面很迟钝。

他看起来累了,比起昨天,白头发多了些。明明几个星期以后就要结婚,现在要应付的应该是花店、是餐厅、是宴会顾问,或者说他应该要在精神上支持狄妮丝,未婚妻的女儿怀孕、未婚妻歇斯底里、未婚妻的前夫精神失常。席佛还真是为他感到难过,不过想到这人要娶的是自己的前妻、要照顾自己的女儿,又慢慢有股怒气冒了出来。

"李奇——"他开口。

"嗯,席佛?"

"你是个好人,只是你睡了我唯一爱过的女人,所以我们两个关系有点尴尬。我会嫉妒、会发火、会诅咒她和你在一起的时候其实心里还想着我。我是说,那么多年来,当你想和女人上床却都没有办法时,就会一直都往那件事情上面想,你懂我在说什么吗?"

他越扯越远,大脑将话语塞紧嘴巴的速度异常惊人。李奇的神情像是想要往他脸上挥一拳,不过他和席佛一样是靠双手吃饭的,所以不会轻举妄动。

"你还是闭上嘴巴吧,席佛。"

"我的重点是,从你和狄妮丝交往以后,我们两人之间就勉强维持君子之交,一旦你不让我见我女儿,这种关系就没了。"席佛直视他的眼睛,希望可以强调自己有多认真。"平衡会被你搞垮。"

"我刚才说了,现在不是好时机。"

当个好一点的爸爸、当个好一点的男人。席佛心想,好男人应该会明天再过来。

他抬起头。"凯西!"他大叫了。

"她听不到。"

"凯西!"

"席佛,你别逼我报警。"

当个好一点的男人。

他开口要说什么，却忽然腿一软，瘫在门外的围栏上。"我的天……"他的声音也忽然哑了。

"怎么了？"李奇见状，跨出门外，神情非常紧张，但席佛却趁机身子一低，窜过他身旁，进入了屋内，瞬间将门关起来锁好。他最后一眼看到了李奇的表情，似乎是真的很气恼。

席佛观察环境后愣了一下。所有经过专业装潢后的房子都一样，弥漫着无人居住的气氛，尤其是沙发上必备的抱枕、壁炉上的装饰品、流苏曼帘这些要素搭配起来，说穿了不过是另一种极端的荒谬。他先靠在门板上，李奇正用力捶打、大叫着他的名字要进来，而席佛又一次察觉到两人的相对位置。昨天他被接上心率仪，由李奇诊断出主动脉剥离；今天他将李奇锁在住处外面。这宇宙就是风水轮流转。

"席佛！"李奇吼道，"快给我把门打开！"

"现在不是好时机哪。"席佛说完，径自上楼。

毫无疑问地，他们之间的平衡崩溃了。

20

席佛计算了一下，认为自己大概只有两分钟的时间，之后李奇会从车库、后门之类的地方进来，所以他加快脚步，先冲进了狄妮丝的房间，把她给吓得花容失色。

"席佛！你搞什么呀？"她是真的从床上跳了起来。凯西坐在房间另一头的窗户旁，也马上站了起来。

"爸？"

听见女儿叫自己爸爸，加上侵入别人的房子，身体里充满肾上腺素，巨大的情绪涌上，席佛没有心理准备，一下子哭了出来。

"嗨。"压抑着啜泣，他打声招呼。

"李奇呢？"狄妮丝问。

"他在外面。"席佛转身将卧室的门也给锁起来。狄妮丝见状，瞪大了眼睛。

"你这是做什么？"

"我……只是需要喘口气。"席佛靠在墙壁上。凯西因为哭过了，眼睛很红，但他还是走到她面前来："嗨，宝贝。"席佛又抽泣一声。

"你搞什么呀？"她问。

"没事……我也不知道。"他鼻子嗅到狄妮丝用的保湿乳霜气味，都已经这么多年了，她还是没有换。以前狄妮丝洗过澡后，他就会帮忙抹在她的手臂与腿上。以前狄妮丝的头发比较长，披散在赤裸的肩膀上，每次席佛看着看着都心想，他要一辈子疼爱这女人。

他垂下头，看见地毯上的印花。一开始不容易分辨，因为图案与底色都是灰的，但仔细瞧的话，可以看到一些不断重复、让人头昏的花朵形状。这是狄妮丝自己挑的，这个房间、这个家也都是她负责装潢的，因为她只有自己啊。而这都是席佛造成的。

"你哭了。"凯西说。

"你也哭了。"席佛说。

两个女人，同时也是他失去的家人，一起望着他，神情看起来完全无法理解他在干什么。席佛也可以想象她们现在的感受。"所以，"他说，"我错过什么了？"

凯西笑了，狄妮丝可没有："你来干吗？"

"我女儿怀孕了呀。"

"然后你就成为本年度模范父亲了，是吗？"

"我的确是试着要当她的父亲。"

"她要应付的麻烦已经够多了。"

他回头对凯西说："先前你来找我，这次我来找你，不管你需要什么，我都会帮忙。"

"谢了，席佛。"

这次她又不叫爸爸。席佛也猜想过她只是不小心，但那应该还是代表了某种意义对吧？突然，三个人脚底下的地面晃动起来，车库门被马达卷动，时间所剩不多了。

"挺好，"他开口，"我要说的是，现在这里的三个人——我们三个人——是一家人。我知道或许这个家已经破碎了，而且那是我的错，但没关系。以前曾经有过一段时间，整个世界都关在大门外面，仿佛其他的一切都与我们无关，我们就在这里过得开开心心的。其实，我们都还是同样的三个人，我们的感情并没有断。"他回头一看，狄妮丝眼中带泪，看来有打动到她，"狄妮丝，我知道你没有原谅我，但无论如何我还爱你，也还把你们当作是亲人。所以，让我帮我的女儿。"

李奇的脚步声从楼梯那儿重重传来，接着房门遭到撞击。"狄妮丝！"李奇大叫，继续用身体撞门。席佛都听见木头快要断裂的声响了。

狄妮丝凝望着他好一会儿。席佛说的话没什么条理，他自己也不知道这样冲进来到底能有什么效果，甚至他也想不起来自己刚刚到底讲了些什么，而且看起来也没真的产生效果。

"嗯，"狄妮丝说，"我要开门让他进来。"

当她从席佛身旁经过，席佛伸手抓住她的臂膀。她停下脚步，那瞬间好像有电流窜过，狄妮丝的手指轻轻掐着他的前臂，指甲压在皮肤上，他感觉两人好像重新连接在一起，脚底下的地面仿佛又晃动起来。可是他的大脑还来不及吸收，一切却在转眼间结束。李奇不知道房门的另一边是什么情况，他用肩膀用力撞门，力气大得撞断铰链，门板霍地往内倒，

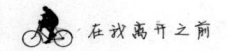

结结实实打在他的未婚妻脸上,然后他的未婚妻整个身子往后弹,膝盖钩到床脚之后软倒在地上。

21

　　狄妮丝骑着单车，用力踩踏，登上第一个坡。湖台大道不仅长，路途也弯弯曲曲，又有三个大坡，所以很受当地单车族喜爱，大家都想征服这些坡道。她穿着黑色的弹性纤维短裤和一件黄色上衣，冲上坡顶，却不像以前那样感受到肾上腺素的推动。安全帽底下，汗水滑落她额头，刺痛了眼角的疤。

　　她被门板的边角刮到，所以不至于瘀青，还有撕裂伤，看起来就像是电视影集里的受虐妇女。距离席佛闯入她家已经三天——对，她确实认为那是"闯入"——虽然服用了很多消炎药，红肿直到今天才有消退的迹象，发紫的眼角现在也慢慢转为褐黄色。

　　上了第二个坡，她听见有人喊"左边"，然后另一位单车骑士从身旁掠过。那是个四十五岁左右的男子，骑着一台碳纤维的皮纳瑞罗，还穿着色彩鲜艳到滑稽的单车比赛服装，仿佛这不是晨间运动，而是法国杯比赛似的，更别提待会儿回家恐怕还要换上西装领带去工作吧。皮纳瑞罗这牌子的车最便宜也要五千美元，在湖台大道这种地方真派得上用场吗？男人就是这样，只想炫耀物资。李奇对高尔夫球的态度也差不多，老是想换上最新出品的球具。她也记得席佛总想要更新鼓组，每次进去乐器行总能找到想要买的东西。狄妮丝真怀疑这些人心中到底是怎样一个空洞，需要靠外在的东西来填补。

想到这儿，狄妮丝心头蹿起一阵火，腹部肌肉紧绷起来，于是她臀部抬高，身子往前压，开始用力踩踏，不肯让那个光鲜亮丽的浑蛋超过自己。她已经受够男人了，他们的这些配备、他们空洞的内心，以及他们闯出来的祸！

另一名骑士察觉到狄妮丝的行动，回头张望，然后也抬高臀部。比赛开始了。狄妮丝加一挡，提高转速，前方五千大洋的装备也发出喀喀声，对方同样加快速度，说什么也不愿意让个女人超越。

去你的。狄妮丝在心里骂道。去你的中年周末逞英雄，小腿静脉曲张，还靠好车逞威风的混账东西。

被门板打到以后，狄妮丝就没怎么和李奇说话，而且李奇也在她的要求下，回去他在医院附近的房子住。狄妮丝说自己需要与凯西单独相处的时间，不过从李奇的眼神可以看出他有别的顾忌。她知道自己这么想并不理性，发生的事情就是一场意外，而且要怪也该怪在席佛头上，但是，当时在卧室里面的气氛变了，她自己也还没摸清楚是怎么回事。李奇冲进来之前，她看着席佛，从那神情中找到了什么——那是已经很多年没看过的激情与决心。这几年他散发出的颓丧气息不见了，取而代之的是……当初属于她的席佛。而那一瞬间，她觉得自己的家庭完整了，有席佛、有凯西，还有她内心的某种东西，某种沉眠许久的保护意识再度萌发出来。狄妮丝为此困惑了。于是等到门被撞开，她竟觉得闯入者是李奇而非席佛。更别说后来门板还打在她脸上。

两人冲上第二道坡的顶端，这里有短短一段直线，还有极端的一段下坡，然后道路急拐进入第三个、也是最后的上坡。她已经紧追到对方后轮几寸内的距离，又压着手把再提高一个档次。"左边！"她高声一叫就要超车，但那男的还不肯认输让道，于是两人并肩而行，腿的距离仅有几寸。自行车道在这里较窄，并排前进非常危险，她是该放弃的，就让这男的自以为胜利便罢。但狄妮丝心中有个声音不想低头，于是继续卡在对方左手边，与对向迎面而来的汽车非常贴近。继续前进时，她感觉到两人的手肘微微碰撞，转头时看见对方的尖下巴飘着汗、手臂肌肉纠结着。他们眼神猝然交会。去你的！去你的！去你的！

心里那无名火究竟是怎么回事，她自己也说不上来。自行车道的前方躺着一节断掉的大树枝，以狄妮丝的角度要超过不是大问题，但那玩意儿挡住了男人的去路。他势必得稍微放慢速度，跟在她后面才能绕过。可没想到那男人居然加速了，想切进狄妮丝的路线。开什么玩笑？她在心里大骂以后，也加快了速度，不让对方切入。那节树枝真的颇粗，还带着叶子的小芽，单车不可能直接跨过去，会想尝试的人就是个笨蛋。

结果那男人确实是个笨蛋。他早就知道了。光那身车衣就是证据。

树叶与枝丫卷进轮轴的声音传来，金属零件的摩擦碰撞声响亮得像是某种配乐，接着单车翻转、滚动、倒下。男人发出急促的叫声，狄妮丝同时听见车身跌在旁边的沙砾上，回头一看，男人飞离了踏板，侧身摔在地上。狄妮丝心里一面祈祷他别受伤，一面却又觉得他死了也罢。

男人的声音在晨风中回荡，仿佛向天祷告："婊子！"

很好。

她大笑着反手比出中指，然后俯低身子踩着单车冲向最后一道坡。风声在耳边呼啸而过。

李奇坐在门口，一看见狄妮丝牵车进来，他立刻起身。她将车子靠在车库铁门前面，转过头望着未婚夫。

"我看到讯息了。"他说。

"我想也是。"

昨天很晚的时候，狄妮丝与凯西又一次马拉松式大吵架以后，她发送一封讯息给李奇，首先是道歉这几天都没有打电话过去，随即很正经地提议要暂缓婚期。

"是怎么回事，狄妮丝？"

李奇现在的打扮，是狄妮丝眼中所谓非上班时间的"制服"：宽松的深色长裤、带点蓝色的扣领衬衫，头发剪得很短，露出来的高额头因为打高尔夫球而晒黑了，也显得有点粗糙。她还记得两人第一次约会的时候，那额头相当吸引人，沙子般的颜色与质感，使人联想到一片岩山，坚固又牢靠。这就是他的特征。说来也好笑，这种潜意识的印象就足以发展出一段感情，她不禁心想，视觉讯号对人的情绪影响未免也太过巨大。

"以外科医生来说,你的态度可真是轻松呢。"那次用晚餐时她这么说,自己也觉得语气变年轻了,不再那么刻薄。李奇听了笑得很开心,狄妮丝看着他额头上先起了皱纹,后来又变得平坦,在那当下,她意识到自己想与这个男人回去。经过了三年,如今她站在自家门前的车道上,因为没办法对未婚夫表现出友善的态度而感到懊恼。

"我只是觉得先缓一缓比较好,"她不敢直视李奇的眼睛,"考虑到凯西的状况,还有我脸上的伤……"

"还有两个星期,到时候就消肿了。"

"但人家还是会以为我被毒打一顿。"

听见狄妮丝这么说,李奇整个人缩了一下。预料中的反应。李奇这个人喜怒形于色,也很好预期,狄妮丝欣赏这种坦率,可以不用多花时间去臆测他的心思。但有时候她也很讨厌这一点。

"抱歉,"他说,"你知道的,那是意外。"

"我没有怪你。"狄妮丝撒了谎,心里又想着事发的那一刻:席佛抓着自己的手臂,眼中有着不知因何燃起的火焰……

"那为什么我现在却得一个人睡呢?"

"听我说,"狄妮丝说,"我女儿怀孕了,然后席佛快死了。"

"席佛是自己笨。"

"他一直都很笨。重点在于,我不希望在人生中一团乱的时候办婚礼。你应该也是吧。何况我可还想当个最美丽的新娘。"讲到这儿,她喉咙一紧,这句话倒丝毫不假。

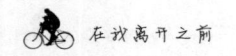

李奇靠过去，伸手轻抚她又湿又黏的脸颊："你本来就很美，一点点瘀青不会有什么妨碍的。"

她微笑了，心想李奇果然会说这样的话，但也不禁怀疑每次都说出别人想听的，会不会其实也是种罪恶。

"我需要一点时间，"她回应道，"我想先将心思放在我家里。"

"你是说，我们的家吧？"

"嗯。"她能从李奇的神情看出他这次不太相信了。

22

"你没事吧?"女孩问。

她脸蛋漂亮、没穿衣服、正发出微娇喘,之所以会这么问也是理所当然,他们躺在杰克住处客房内的双人床上。紧闭的房门外,声音穿透进来,是震耳欲聋的混音舞曲、大家的笑声,以及喝醉后的喧闹。他离开狄妮丝的家之后又过了三天,手机一直没开机。几个小时之前,杰克邀请了游泳池畔的那些大学女生过来,举行他所谓的玩到死自杀派对。活动开始以后,他就简简单单地宣布席佛即将告别人世这个大消息,接着给大家倒酒。不知什么时候,席佛从沙发上被拉过去舞池,大家先是怔怔望着他一会儿,仿佛要确定他不会突然痉挛之类。而席佛自己则有点后悔怎么穿着百慕大短裤和拖鞋,看起来像个大白痴。与他跳舞的女孩有一头深色长发,穿着无袖上衣、白色短裤,两条腿反射出蓝色荧光——杰克在自己住的地方安装了一堆蓝色灯泡。

与漂亮小姐跳舞,可以同时令人兴奋却又瘫软。席佛沉浸在当下,不知道是谁递给他们一些红色小药丸,他还以为

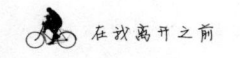

是 M&M 巧克力。女孩先是开心地吞了一颗，然后递给席佛。

"这是什么？"

"相信我就对了。"

她将药丸搁在舌尖，张开嘴巴一脸挑逗。席佛信了她，信了那唇膏散发出蜡一般的味道、薄荷口香糖的清新、一点点的汗骚，更信了女孩舌头在自己嘴里的柔软。

"你叫什么名字？"他不情愿地推开身子好喘口气。女孩说了名字，不过他马上就忘记了。

就因为一连串他不记得的事件，两个人来到了这里，躺在床铺上。

选在这时候发生也没什么好奇怪的。这个女孩年轻漂亮，虽然席佛不记得她的名字，不过他知道自己老得足以做人家爸爸了。毕竟，他可真的有个同样年轻貌美的女儿呀。

刚开始那愉悦感无与伦比，可是很快就没感觉了，好像他失去了所有知觉似的。在这片昏暗中，他的感官似乎已支离破碎。半晌后，女孩给他最后一个哀怨的吻。

这到底该如何回答才好。

女孩回到房间外的派对上。席佛不禁觉得这是某种人生的奇妙扭曲，或者说其中至少该有什么细微而神圣的隐喻存在。可惜在他能够参透其中道理之前，房门被人打开了，杰克搂着另外一个漂亮小姐进来，手里还拿了两杯酒，一进门就看见席佛赤裸着坐在床边。杰克一杯酒还端得稳，但另一个酒杯就摔在拼花地板上碎裂了。

他们退了出去，只剩下浴室透出的光线照亮地板上的碎玻璃，证明刚才并非一场梦境。一会儿后，杰克又回来了，这次是一个人，手里还拿着没摔坏的酒杯。

杰克坐到床上，将酒杯递给席佛。席佛吞下肚后，微微一阵颤抖。

杰克咧开嘴，先嘻嘻两声，接着两个人都捧腹大笑。笑并不是因为真的发生了什么有趣的事情，而是因为他们都喝醉了，还嗑了药，也老得越来越快、越来越叫人不甘心。但是，又能怎么办呢？

"要是老兄你真的走了，我可会很想念哪。"杰克忽然神情凝重地说。

"谢啦。"

杰克一直看着席佛，直到席佛也转过头来看他，然后两人立刻别开视线。这大概是他们所能忍受的最亲密距离吧。

"要不要跟我说是什么状况啊？"

"应该不用吧。"

两人又是相互凝视，随即别过头。杰克拍拍大腿，然后起身："好吧，那要不要出来一起玩？"

"等会儿就出去。"

"嗯，小心脚啊，地上都是碎玻璃。"

"我之前以为你都用塑料杯。"

杰克窃笑着："大人才可以用玻璃杯啊。"

房间外的派对进入高潮阶段，女孩们汗水淋漓，陶醉在旋律中，疯狂扭动身体。杰克邀来的男性很少，有的也在跳舞，舞姿很好笑，其余的则待在角落的家具那儿猛灌酒、猛偷瞄。杰克自己站在舞池中央，满身大汗地跟一个席佛也常在泳池

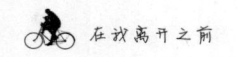

畔看到的美女舞动。他跳舞的动作或许不够漂亮,但裹在厚脸皮下的无比热情可以弥补。虽然他平常都很浑蛋,席佛还是相当重视这朋友。

"活死人走路!"杰克大叫着朝席佛挥挥手,今天他一直这么叫他。

苦瓜脸塔德坐在一张沙发的扶手上,哀悼似的喝着威士忌。

刚才跟席佛一起进客房的女孩离开舞池,深深地拥抱着他,好像久别的恋人重逢般。席佛心想,她可能是要安慰自己,又或者是红色药丸的药效还没消退,她眼中整个世界都是粉红色吧。总之,他已经想不起来上一次有人这样拥抱自己是什么时候的事了,眼眶不免发烫湿润。

"你好点了吗?"女孩的嘴唇扫过他耳朵。

"嗯。"

她微笑着说:"和我一起跳舞吧。"

女孩将他拉进那些交缠磨蹭的躯体间,手臂挽着他的颈子,贴着他的身体晃动。席佛跳着基本的两拍子舞步,很怕会打乱了女孩的步调。正常来说,超过二十五岁的人不这么跳舞,而且身为鼓手,他的节奏感应该很好,可惜节奏感与肢体协调是两回事。女孩嘟起嘴,黏上来,妩媚一笑。席佛闭起眼睛,感受着房间在身旁转动,音乐覆盖一切,他沉入女孩温暖的拥抱与亲吻中,心里想着,既然都要一死,这是再好不过的时间点了。只不过这时候死了,女孩往后对亲吻可能会有阴影吧,但话说回来,这样是另一种永恒不灭。

"跟我来。"女孩又将席佛带离舞池,穿过走廊,朝客房走去。席佛还没确定自己是不是真的可以再尝试一遍,却看见另一个年轻女孩挡在前面,满脸怒容。

"我的天,席佛,你没搞错吧?"

牵着他的那女孩放开手,迟疑一会儿后,拍拍他肩膀道别,走回舞池去疗愈身心了。席佛转头,看着凯西,女儿的视线像电钻那样贯穿了他,才没过几分钟,他又找到了另一个可以一命呜呼的好时机。

凯西穿着短裙、挎着背包,脸上的表情让席佛的内脏绞在一块儿。见她张开嘴要说话,席佛心想,不管她说什么,都会在自己已经千疮百孔的灵魂上多开一个洞。不过上天救他一命,杰克那张摇摇欲坠的咖啡桌总算垮了,一时尖叫四起,原本站在上面的大学女生摔了下来。

杰克高呼了一声。凯西眼珠子一转,那神情仿佛在说这全都得怪席佛,接着她就冲出公寓。

23

"你真的要和那个女生上床?"

"很有可能。她给我喂了药啊。"

"所以你是受害人?这就是你的证词?"

"我不需要什么证词。"

"这种事情可不能把两个人的年纪相加!"

"她也是法律认可的成年人。"

"你又知道了?要上床之前会先看身份证吗?"

"不会。不过听起来是个好主意。"

"席佛,这样一点也不好玩,你实在太变态了。要是我和杰克上床,你会怎么想啊?"

"凯西!"

"难怪你一直没有再婚,你都忙着和一些有恋父情结的小女孩鬼混!"

"所以你来找我也算是恋父情结吗?"

"我可是都和年纪差不多的对象亲热。"

"然后就以为不用套了。"

"你浑蛋。"

"说些我不知道的事情吧。"

"好,我要搬过来。"

"过来?哪儿?"

"这儿。这个狗窝。你有室友了。"

"你说什么傻话啊?"

"我怀孕了,而你想自生自灭,这样的组合很棒吧。"

"我没有想要自生自灭。"

"那我大概也没怀孕吧。"

"凯西,你到底来干吗?"

"生活一塌糊涂的人不是就该到这里来吗?"

"你的生活没有一塌糊涂。我明天就带你去拿掉,一点也不麻烦。"

"唔,关于这个嘛,我改变心意了。"

"什么时候的事啊?"

"就在你说不要动手术的时候。我得到启发了。"

"凯西——"

"我就顺其自然吧,和我面前的老头子一样。"

"你太傻了。"

"这一定是家族遗传。"

他曾经遇见一个女孩,已经记不清楚地点是酒吧、俱乐部,还是电影院或者兄弟会了,重点是背景音乐很大声。才看对方第一眼,他已经想象得到她提出分手时会是什么神情,但他仍旧勇往直前,因为那一年他才十八岁,情欲高涨,也不知恐惧为何物。女孩叫做玛姬·席尔斯,比他还高一些,是个身材修长、肢体灵活的大骨架美女。在她的宿舍房间里，灯光总是昏暗，照耀出绵延无尽、柔滑如丝的肌肤。大一那一整年，他像只小狗般跟在女孩屁股后面，暑假时，光是打长途电话给她就快破产了，但暑假一过，她还是准备好了官方说法，并带着新男友出现。后来好长一段时间，他不管与谁上床，都觉得对方的体型太娇小了些。

24

席佛醒来时心想,我还活着。这么单纯的事实也足以使他充满成就感。至少没有在睡梦中离开。

昨天晚上他本来以为一定会在梦里撒手人寰。应该是夜深人静时,维系着动脉壁的最后一丁点细胞会迸开,于是他内出血死亡,醒来就成了一具僵尸。这念头让他没办法入睡。此外,凯西就睡在几尺外的另一张床上也是个问题。她就睡在隔壁,那个无论如何席佛都想留给她的房间里。女儿过来住,他是挺兴奋的,但也很担心凯西成了第一个看见冰冷尸体的人。席佛躺在自己的床上,幻想着那幅画面:凯西进来,叫了自己的名字好几次(他还无法想象凯西会一直叫自己爸爸),接着迟疑地靠近床边。席佛?她又叫唤。然后伸手戳一下,大概会戳肩膀,戳了以后才感觉这具身体有多冰冷。然后凯西会瞪大眼睛,明白发生了什么事。再来呢?再来席佛的脑袋打结了。虽然想象凯西为他悲痛不已,令他感受宽慰,但实际上席佛却根本无法描绘出那样的画面。何况,他给女儿造成的问题还不够多吗?说不定凯西只会苦笑一下,连一句

"干得好呀,席佛"都懒得说,马上打电话给狄妮丝。运气不好的话,或许连个笑容也没有,只会若无其事地耸耸肩膀,哎一声以后继续过她的正常日子,还拿起手机在 Twitter 上写一句:早上发现我爸死在他床上。搞什么?

席佛胡思乱想到一半,可能脑子能量耗尽了,于是昏睡过去。否则他怎么会是醒过来的呢?而且还听到客厅有动静,立刻发现是他父亲低沉笑声。不可能,还没星期天啊。他坐起身子的同时,整个房间都转动起来,只好赶快再躺下,不禁担心又要来一次小中风,不过他立刻想起自己吞了女孩用舌尖喂食的红色小药丸,比较有可能是派对药物造成的类宿醉现象。他又尝试爬起来,动作放得慢一些,拖着脚步半走半晃地出去。

父亲真的坐在沙发上,还是那一套万用的深蓝色西装。凯西缩在双人沙发上,捧着碗吃麦片。

"他还活着呢。"女儿冷冷地开口,扬起一边眉毛。不知该说她这说话调调是无心,又或者是太自然了,所以席佛也只是听听就算了。他已经想不起来上一次起床后就听见女儿的声音是什么时候的事。尽管眼下的状况并不算很恰当,席佛还是为了女儿真的搬过来一起住而雀跃感动,完全忘了这回斗嘴自己屈居下风。回想起来,他也不知道多年前为什么不积极争取女儿在这里过夜,内心涌起一股短暂但强烈的悔恨。凯西穿着四角短裤,一条腿压在身体下面,他看着看着就想起女儿四岁大的模样:穿着橘色短裤,纤细的一双腿在他面前爬楼梯。席佛真希望她就停留在那一刻别长大。孩子成长本是件好事,但也令人鼻酸,当年的四岁女娃儿就仿佛死了一样，永远不会回到自己身边，而席佛愿意付出任何代价换她回来。

"你在哭啊，席佛？"她问。

"一点点。"他抹了抹眼睛，转头看着父亲。卢本眼中流露出毫无掩饰的关切。

"对不起，让你失望了……"

卢本一脸狐疑地问："什么时候？"

"不知道。一直都是吧。"

"席佛……"父亲的眼神温暖慈爱，席佛真希望自己也能掌握个中诀窍，或许就可以用同样的方式望向凯西，让她明白自己的感受。

"明白什么？"凯西问。

"什么什么？"

"你刚刚说'让她明白……'"

该死，他一定得想办法控制自己的独白。"没什么，只是自言自语。"

这下子两个人都疑惑地看着他。

"你该不会又中风了吧？"

"难说喔。"

父亲站起来，一派领导人姿态："你有西装吗？"

"没有。"

卢本点点头，好像内心最深沉的恐惧得到了证实般。什么样的生活方式会完全不用穿到西装呢？

"我有几套乐团演出的晚礼服啦。"

"可以凑合。"

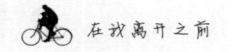

"要去哪儿？"

"路上解释。"

"我可以一起去吗？"凯西问。

"不行。"

"拜托啦，爷爷。"她撒娇道。

爷爷慈祥地看着她，或许目光中略带一抹哀伤，但他隐藏得很好："一次撞烂一辆车就嫌多了喔。"

卢本坐在驾驶座上，看着席佛礼服衬衫上的褶皱，然后淡淡一笑。

"怎么了？"

"没事。"

"可以说要去哪儿了吗？"

"葬礼。"

"谁死了？"

"艾瑞克·吉灵。"

"我又不认识他。"

"我也不认识。"

外头晴朗无云，又是烈日当空的一天。席佛将车内冷气调大，出风口发出呼呼的声音，卢本下意识地又调小。上一次与父亲同车是什么时候，席佛同样想不起来。

车子经过甘乃迪公园，席佛看见一个穿着运动短裤的高挑男子推着婴儿车，同时还牵着黄金猎犬散步，看起来好像很自在的模样。他想象那男人的妻子留在家中，穿着沾上了油漆的短裤、绑着头巾，帮小女儿的卧室粉刷墙壁。丈夫将小宝贝与狗儿带出门,这样妻子才好做事。晚点他固定要去看棒球赛,所以得先将女儿和狗儿送回去;比赛结束后,他会在回家路上买一瓶好喝的红酒,夫妻俩哄女儿睡着以后,会一起在古典浴缸内泡澡、边品酒。这对夫妻没有因为婚姻而放弃自己的生活,运动与艺术和他们的生活完美结合在一起。席佛为他庆幸,为他的生活喝彩,为那女孩能在这样一个家里长大而感动。

"……对自杀的看法?"卢本正说着话。

"什么?"

"我问你知不知道犹太教对于自杀有什么看法。"

"我猜应该不会很欣赏吧?"

卢本点点头:"嗯,犹太教不赞成,把自杀列为重罪。按照传统,自杀的人不能举行哀悼仪式、不能获得悼词,甚至不可以下葬。"

"这些只是吓唬吧?"

"有可能,但没人可以确定。在整部《圣经》中也只有两个自杀的案例,最有名的一个可以说深深影响到犹太律法,就是吉尔巴山上的所罗王。还记得那个故事吗?"

"是拿剑自杀吧。因为打仗败给菲利斯人,他知道被俘虏会有什么下场。"

卢本露出微笑,显然是因为席佛还保有一些犹太教知识而感到高兴。在他们还小的时候,每个星期五晚上离开会堂之后,席佛与恰克会牵着父亲的手回家。两个小朋友蹦蹦跳跳地避开路上的凹凸不平,卢本会说一个《圣经》上的故事给他们听。每次讲的故事都不一样。席佛喜欢那些神迹展现

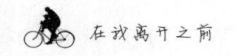

的故事，像是分开大海、天降事物、岩石出水、十大灾难等等，恰克则比较喜欢史诗大战。不知究竟是卢本很会讲故事，又或者是《圣经》的美学概念所导致，每次故事里好像两者皆有。

"没错，"父亲进入了布道模式，"贤人将所罗列为特例来引申，假如一个人有正当理由，拉比也就会对自杀采取比较宽容的态度。"

"事实上每个自杀的人都有理由。"

"没错，我想重点就在这里。"

"所以变成了漏洞，"席佛说，"很好。"

"这是悲天悯人。"卢本回答。

"随便你们说啰。"

他父亲摇摇头，蹙起眉。这就是父子之间不常讨论宗教的原因："我要说的重点在于自杀的本质，无论在道德面或性灵面都存在模糊地带，可以先将宗教或神撇开不谈。"

"哦。"

卢本眼神闪过一丝不耐烦："这是很严肃的话题。"

"我知道啦。抱歉。"

"你有家庭、有女儿，不管生活多无奈，凯西毕竟还很年轻。你还有漫长的生命可以当一个你真正想成为的父亲，变成以前你想做的那个人……"他的声音渐渐哽咽。对于席佛的状况，这大概是卢本最坦承内心想法的一次吧。

"什么'以前'啊，爸？"

"在你迷失以前。"

席佛有点想发脾气，但怒气却没有冒出来，反倒是眼眶泛酸："我也不懂到底怎么回事。"他语气很微弱。

卢本点了几下头，拍拍儿子的膝盖。席佛看见年迈父亲手掌上的黑斑与皱纹，心想每个人都不断地老去，细胞坏死的速度真是令人不忍卒睹。

"振作点。"车子开进墓园以后，卢本故作快活地说，"到了。"

"哦，对了，到这儿来干吗？我又不认识他。"

"我还得上台致哀，你觉得我会是什么感受？"

"这个比较惨。"

卢本耸耸肩："也还好。"他转过头瞟儿子一眼，"至少我不是穿着20世纪80年代的礼服。"

席佛笑了，他的父亲也笑了。两人的笑声听起来一模一样。

艾瑞克·吉灵享年仅二十八，生前住在布鲁克林某个狗窝中，死因是药物过量。这些讯息没有人告诉席佛，但他可以从大家避谈些什么来推敲。这儿每个人讲话都小心翼翼、字斟句酌，而他父亲提起艾瑞克活得困顿，父母的爱却不曾动摇，屡次伸出援手等等，最后则说他终于获得期盼已久的安宁。

天上一片巨大的白色云朵飘过，形状不停变换，可以是你想看见的任何形体：女人的靴子、哭泣的小丑，甚至弗洛伊德的侧脸。葬礼规模不大，墓园里只聚集了三十个人左右，而且多半是艾瑞克母亲的朋友。他的父亲头发有点秃，而且五官很平庸，站在旁边显得焦躁且格格不入。席佛猜想他们应该已经离婚好一段时间，相处起来像陌生人吧。那位母亲身材娇小，样貌算漂亮，一直啜泣着，不管卢本说什么都会用力点头。卢本提起了艾瑞克有一头金色卷发，小时候的模样就是个可爱的天使，还说他很喜欢到比斯坎湾找祖母、以前是运动健将之类。想必提起他的童年是为了艾瑞克的父母着想，专注在过去，就会忘记这年轻人后来过得有多狼狈。卢本以前说过，长者为幼者送终是件很残忍的事。

席佛不禁想象起自己的葬礼又会是如何。

很快地，再过几天或几周吧，就轮到卢本埋葬自己。也许父母为孩子送终真的很悲哀，但也得看从什么角度去思考。席佛的父亲有妻子、有另一个儿子，还有孙子、孙女，甚至也有如吉灵这样的家庭仰仗着他得到慰藉与智慧，在生命沾染黑暗时从他口中得到性灵的导引。席佛下葬时，一定会有很多人出席，但是那些人却与他没有多大的关系。那些人会去安慰他的双亲，而那也是他们应该得到的尊重与关怀。

只不过，谁是为他而出席呢？

凯西吧。当然。她一定会在场，或许还会落下一滴泪。席佛是这么希望的。但女儿的失落只是理论，而非实际，因为真要说起来，多年以前她便失去了这个父亲才对。狄妮丝也会露面，她肯定很介意前妻这个身份，也一定会打扮得超乎必要的性感，大概会穿上低胸礼服与魔术胸罩，超高的高跟鞋会在他坟墓周围的草地上击出一个又一个的洞。她会不会哭呢？可能看在凯西的面子上会装一下吧。狄妮丝一定是站在李奇和凯西中间，仪式结束以后，他们以"一家三口"的身份离开，再也不会被席佛这道阴影给困住。

还有谁呢？乐团的人？也许吧。黛娜？要看看她的生活究竟有多空虚。对一个只是偶尔上床的鼓手，需要表达哀悼之意吗？见仁见智咯。杰克与奥利弗一定会来。杰克肯定会按捺不住，在现场梭巡神情哀戚的女子，说些不得体的话，还会很大声，而一旁的奥利弗会嘘他，但也同样太大声。再来或许会有几个凡尔赛宫的其他住户，他们之所以会露脸，大概只是希望若有那么一天，他们的人生尚未回到正轨就先结束了，也同样有人送最后一程。

每个人都得孤独死去，这是现实。只是有些人死去得比别人更加孤寂。

他望向吉灵太太，她眼睛哭得都肿了，看得出是真心疼爱着那个吸毒犯，毕竟是自己从小喂奶拉扯大、听着他牙牙学语、牵着他走第一步路，所以宽容他的缺点、为他抹去眼泪、为他的笑容而活。但这个儿子心里有了个破洞，妈妈却无法找到，只能眼睁睁看着小伙子一点一滴痛苦地死去，恐怕死前那段日子还大发脾气、鬼吼鬼叫。吉灵太太没了婚姻，现在又失去儿子，只能想三个人曾经住在一起的时光，就好像狄妮丝、凯西与席佛一样，没有人能料想到未来竟是如此。他对吉灵太太的痛楚可以感同身受。

卢本结束致悼后，对一旁的殡葬业者点点头，那人上前扳下开关，棺木缓缓降入墓穴内。现场只剩下机器马达运转发出的轻微声响，这实在不应该是吉灵太太为儿子送终时该听见的声音。席佛心想，不是该有人歌唱吗？当他这么想的时候，竟就有个低沉沙哑的男人声音唱起了《奇异恩典》这首歌，歌声宁静而诚恳。卢本瞪大眼睛，同时间席佛也意识到，犹太教的葬礼上怎么会唱《奇异恩典》呢，偏偏唱歌的人其实是自己啊！

然而，吉灵太太望着他的神情并非愤怒或讶异，而是带着一抹奇妙的浅笑。在那当下，席佛发现在犹太教葬礼上唱起了基督教的歌非常糟，但更糟的恐怕就是还不把它唱完。于是他投入感情缓缓地唱下去，吉灵太太闭起眼睛，仿佛回想起那些只有她记得的秘密。讲台上，席佛可怜的父亲依照传统放了个石头下去，总算挽回了尊严。

开车回去的路途上，天空变得阴暗混沌。虽然天气热，但每天几乎都会忽然下起大雷雨。

"所以，"他父亲开口，"你有什么想法？"

"我不知道。你希望有什么结果？"

"我可不会帮你先画个靶心什么的。"

"我以为你想叫我看看父母为孩子送葬的场面。"

卢本搔搔胡子："那我的心机也太重了些，不过也不排除这样的想法。"

他的声音很疲惫，不过与平常那种忙了一天的感觉不同，反倒像是精力都被席佛给吸走了。

"你是不是气我忽然开始唱《奇异恩典》？"

"当然不是。"他反而还笑了笑，"不过说真的，你到底是被什么鬼迷了心窍？"

席佛自己也不知如何解释，那感觉就好像他脑子里的线路被人乱接一通，讯号全部混在一块儿，没办法正常传达，电压也忽高忽低的，在回过神之前，身体已经依照一时的念头去行动了。

"我自己吧。"他回答，"我被自己附身了。"

"有些人会说那是上帝介入。"

"是啊，但是'有些人'什么事情都可以说，我可懒得听了。"

卢本将车子驶到凡尔赛宫前面，停到一旁的空位："我有个主意。"

"哦？"

"在我的行程里面有人生每个阶段的大事，你陪我各去参加一个。出生的割礼、长大的成年礼、婚礼、葬礼。"

"刚才已经去过葬礼了。"

"没错。"

"可以啊。"

卢本和蔼地看了席佛一眼："你气色不太好呢。"

"以前当然比较好。"

他父亲又是一阵苦笑，接着靠过去在他额头上吻了一下。席佛想不起来上一次父亲这么做是何时的事情。此刻，感受着卢本的胡须摩擦、嗅到熟悉的刮胡水香味，一瞬间好像回到了童年时代，深深感觉安全、感受到爱，但却又同时意识到自己长大以后将这一切都搞砸了。

父亲好像不急着赶去别的地方。两个人静静坐在车里，看着窗外，等待下雨。

25

席佛醒过来时，全身麻痹、手脚僵硬，他躺着好几分钟，坚信自己已经死亡。这就是死去的感觉，心智存在较肉体存活的时间久，于是被困住，直至生命能量彻底耗竭，并且一点一点地陷入疯狂。《阴阳魔界》影集有一次就做了这样的主题。他记得自己是和父母一起窝在床上看，三个人盖着一条被子，空气里充满了母亲的紫丁香乳液味道。电视上的那男人无法动弹，只能听着身边的人宣判自己死亡，在心中发出惊恐的叫声不停哀求。

席佛希望在被人埋进土里以前，自己的大脑可以先死掉，毕竟他对于狭窄阴暗的地方一直没有好感。想着想着，他几乎恐慌起来，同时却又觉得生气，人死都死了，干吗还要被吓唬，死人不是该有些特权吗？像是再也没有恐惧与忧虑，再也不必应付病痛等等？他可是非常期待。

接着，他发现自己居然在抓胸口。席佛思索起来，或许比正常人迟钝了些，但终于得到无可回避的结论，那就是他还没死，甚至也没瘫痪。于是他扭动脚趾、弯曲膝盖，哼起

《洛基》的主题曲，不过中间却不小心接到《星际大战》去了。小时候他与恰克会模仿洛基打拳击赛，每次挥拳还要自己配音。他几乎都忘了，忘了小时候玩过的游戏、忘了恰克、忘了有兄弟的感觉。席佛很久很久没有将自己看作是别人的兄弟。他觉得自己该去拜访一下恰克才对。他已经不知道多久没去好好看看那个弟弟了。

才刚站起来，他有片刻的失明，眼前一片空白，然后重心不稳地撞上墙壁，随即被自己的鞋子一绊，摔个狗吃屎。不过这么一跌，他的视力恢复了。

起床可真是越来越麻烦了。

凯西探头进来，看见他躺在地板上，她脸上紧张的神情虽然令席佛感动，却也让他心碎，所以他赶快将手放到脑后，假装自己没有大碍。

"你在干吗？"

"我以为我死了。"

"刚刚看起来是有点像。"

女儿走到他身旁一起躺下，四只眼睛盯着有裂缝的天花板。

"你觉得死了会像这样吗？"

"唔，我刚才根本什么都看不到。"

凯西又露出担心的表情，席佛则对自己为此感到高兴而有些惭愧。

"要不要我打电话给李奇？"她问。

"我一点也不希望你打电话给他。"

"确定?假如我没打电话,结果你不到一小时就挂了,我可是会有心理创伤的。"

"你已经有了不是吗?"

"是有一点。"她承认道,"那我们到底躺在这里干吗?"

"就……你懂的,思考宇宙的奥秘。"

"但这不是宇宙,是你房间的天花板。"

"不要这么表面。"

"宇宙是个糟透了的地方。"

"看样子我们有共识。"

他看着凯西,凯西的视线顺着天花板上的裂痕移动。女儿的侧面轮廓看起来比较年轻,像是小女孩。

"你今天要做什么?"他问。

女儿露出一脸奇怪的表情:"能做什么?"

"就算要登天也可以。"

她想了想:"去吃个早午餐吧。"

"我有点怀疑我们的天是不是同一片天。"

席佛白她一眼,她也瞪了回去。我们可以好好相处啊,他这么想的时候,悔恨像水一样蓄积在肺里。

"我有时候也这么想。"凯西忽然回应了。席佛这才察觉自己又将内心独白说出口了,"但我尽量避免这么想,因为后来都会被你气死。"

席佛滚了一圈以后站起来,而这动作就像参加奥运一样困难,血液冲上面部,带来一阵晕眩,令他觉得自己果然又老又胖:"我们去吃早午餐吧。"

"去达格玛吧。"凯西像是吊钢丝一样利落地起身。

"啊？不会吧？"

她狠狠瞪了席佛一眼，那眼神代表她现在是放下多年埋怨才可以与他和平共处。

"达格玛就达格玛吧。"他靠在墙上。

"你还好吧？"她眉毛一挑，"看你随时会摔倒的感觉。"

席佛点点头，扶着墙壁说："人不都是这样吗？"

26

开在郊区的餐馆只有两个结局,一个是歇业,另一个是生意持平。达格玛这间餐厅算是运气好,一直没有倒。它位在附近的交通枢纽,餐厅里的摆设都是以没上漆的木头为主,柜台后面高高挂着三块大黑板,写上菜色内容,都是些健康养生的食物,还特别将"有机"和"全素"字样以亮绿色标示出来。也因此,站在柜台内那些穿着格子衬衫、身上却是一堆刺青的年轻人,流露出高人一等的气焰,而会来这儿用餐的客人似乎也觉得用那美元买到小小一杯柳橙汁很合理。算是双赢吧。

达格玛位在北底区,也就是凯西和狄妮丝住的地方,当然,席佛之前还没被赶出门的时候也住在那儿。刚和狄妮丝分开时,他每个星期天都还会回来与凯西吃个早午餐,可惜经过几个月,狄妮丝那些女性朋友投以异样眼光,她们的丈夫也紧张兮兮地不敢与他维持原本的交情,显然在这场人际关系大赛中,狄妮丝胜出了,席佛也就索性不再回去。换句话说,上次他也是和凯西一起来,但那已经是六七年前的事了。

柜台里的年轻人直呼凯西的名字，她也嗨了一声作为回应。那男孩的耳朵不仅穿了孔，还扩洞到硬币大小。未来有一天，他会希望自己的耳朵跟正常人一样，但很可惜回不去了。

"等你长大就会后悔了。"席佛指着人家的耳朵直接说。

"席佛，你闭嘴！"凯西觉得很丢脸。

但那男孩只是耸耸肩，笑着回答："是说到你这个年纪吗？但我应该活不了那么久啦。"

席佛也笑了。"答得真妙。"他欣赏这孩子，想来应该也受了不少挫折吧，不然怎么选择这种方式扭曲自己——但问题在于席佛凭什么论断人家呢？搞不好过了十年，这男孩会变成好老公、好爸爸，只不过耳洞大了点。再说，只要头发留长盖住就可以解决了。

他转头问凯西："你要吃什么？"

凯西根本没有看黑板："不知道该吃煎饼还是松饼，那就都来一份吧。然后一个番茄乳酪煎蛋卷加薯饼、两个鸡蛋泡芙，还有大杯柳橙汁和一杯咖啡。"她贼贼地朝席佛笑，故意挑衅。

"我跟她一样。"他说。

食物都送来以后，他们得多一张桌子才摆得下，其他客人都斜眼偷瞄，可是父女俩肆无忌惮地大吃大喝，将其他琐事都抛在一旁了。他们笑得很夸张，拿彼此盘子里的食物吃，两人聊天的时候，鼻尖都沾到了奶油。在这样的气氛下，他们都感觉得到自己一直试图证明什么，不只是要证明给自己还是给对方看，然而，却又一直抓不到什么实质的东西——

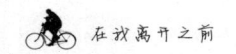

或者说，他们努力地想要留下一段相处的证据，期盼未来有一天可以遥望远方说："无论如何，还有那段回忆。"

店里几乎坐满了，凯西与席佛把面前堆积如山的事物当成棋子来玩，突然间，发生了一个不可思议的现象：整个餐厅的步调缓慢下来，安静了些，仿佛演讲前那片刻的沉静。但似乎只有席佛一个人能够察觉，而他专心与凯西互动的同时，却又可以注意到现场所有的人。或许只是表面程度，但他真的了解这些人，而且那份了解异常清晰。

角落靠墙那一桌的情侣比自己年轻十岁。女的以前很漂亮，不过随着年纪增长，两颊凸出形成泪沟，怎么看都像是没睡饱。然而，男的还是身材瘦削，并且穿上名牌鞋和高中生流行的牛仔裤。女方心里默默怨恨着这样的男友。她的眼睛到处扫视，打量其他女子，看看自己比不比得过别人。

另外一桌的客人是波特加夫妻档，名字是戴夫与兰妮。以前席佛与狄妮丝每个星期会与他们相约去看电影，现在他俩边往他这边偷看、边窃窃私语，好奇着为什么席佛又出现在这儿，也因此席佛真希望自己外形体面些。兰妮比戴夫小十岁，当年这个差距没造成影响，如今戴夫已经弯腰驼背，兰妮的姿色却维持得不差。每回丈夫脱光衣服露出胸前松弛的赘肉，又或者在床上放臭屁，她都必须努力定下心来，不去想那些年轻帅哥，也不去想戴夫的寿险金额有多高。

另外一对年轻夫妻，正在喂被困在儿童座椅上乱扭动的两岁小女儿。爸妈都太想塞东西到女儿嘴里，又不得不大声地喝止她的动作，也顺便念了彼此几句，同时眼神到处乱瞟，吓唬那些嫌他们太吵的客人。

餐厅中间有一张比较高的圆桌子，克雷格与罗斯坐在那儿。

左手边有四个女人，都是狄妮丝的好友或点头之交，她们观察着席佛与凯西，密切地讨论他们重返北底区代表什么意义、是不是需要采取行动之类。讲到一半还拿出 iPhone，手忙脚乱地送讯息出去给各自的军师，等待进一步指令。席佛故意与她们每一位都做了视线接触，她们果然纷纷回避假装无辜，好像一切只是凑巧，而且她们绝不在背后说长道短似的。

他几乎是同时间在大脑里分析了每一个客人，处理速度快得可怕。同时他还思考着：以前自己也是其中之一，以前自己也属于这里——对此他有些宽慰，又有些后悔。在这些人小心翼翼维持着规律的生命中存在一种麻木，而同样的麻木出现在席佛过去的光彩岁月里。他对这种麻木感到恐惧，所有人不知不觉中失去差异，毫无独特性。可他不禁心想，要是他当初留在这里呢？倘若狄妮丝、凯西与他还是每个星期天都到这里来吃早午餐呢？也许他会左顾右盼，感到生命受困，但也有可能不会。生活磨去了自我，如同斯德哥尔摩症候群一般，总会有新的东西填补进来。而且得到满足，与自认为满足，是否真的有分别？这种疑问，与每天醒来时身边有妻子，两人一起带着可爱女儿去吃顿早午餐相比，恐怕微不足道吧。席佛看着这儿的客人，忽然明白原来自己踩空了一步，于是就此落后别人，再也追不上。然后自己的生命也与这里的众人同样麻木，只有在寂寞如利刃贯穿时才稍稍清醒。

餐厅门口起了一阵喧哗，几个十几岁的年轻人以左摇右摆、温温吞吞的走路调调晃到一张桌子旁。席佛察觉到凯西脸上的光彩一瞬间黯淡下来，顺着她的视线很快就分辨出女儿注视的是谁，搭配上他中风后伴随而来的那份心灵澄澈，眨眼间已经理解了原因。

那男孩看起来很面熟，高高瘦瘦的，其实没什么特征，很标准的大学男孩，穿着牛仔裤与旧T恤，表情愉悦地听着朋友说笑。席佛等着心里冒出想掐死他的冲动，却始终没等到，反倒为此有些落寞了。

男孩看见凯西时露出大大的微笑，还挥了挥手。席佛这才想到，他根本就不知情，因为凯西没有告诉他。凯西也挥了挥手，从女儿的模样看起来，席佛知道她根本不希望对方走近，但那男孩还是过来了。

"嘿。"

"嗨，杰瑞米。"

杰瑞米·伍勒德，隔壁邻居的小孩，难怪看起来很眼熟。不过上一次席佛看见他时，应该是个还没进入青春期的瘦小子吧。他脑海中忽然闪过小男孩戴着帽子、披着披风，在客厅用铁丝圈表演魔术把戏的画面。

"嗨，席佛先生。"

"你是那个魔术师？"

"啊？"

"你以前到我家表演过魔术。"

男孩想了想，然后露出微笑："真的有。哇！你记性还真好！"

"偶尔而已。"

"对了，我很喜欢弯雏菊，几乎每天都一直放那张专辑，我现在几乎都会背了。"

"大学生听我们的歌应该是想走复古风吧。我死而无憾了。"

杰瑞米笑得有些紧张，不知道他那些话究竟有多认真。事实上，席佛也不确定自己有多认真。反正已经打过招呼，于是孩子的爸又将注意力转回孩子的妈身上："你有没有收到我传的讯息？"

"有，抱歉，最近家里有些紧急状况，而且中间有几天我断讯了。"

"家里还好吧？"

"唔，我爸，他……他之前住院。"

"真的啊，还好吧？"男孩转头看着席佛："你现在看起来气色还不错。"

"一点也不好。"

"席佛——"凯西低声制止。

"我体内出血，随时可能会死。"

杰瑞米听了不知所措，一句话也说不出来，这让席佛乐极了。他这才发现，看着年轻人局促不安的模样，会使自己产生一种父亲的威严。

凯西翻了个白眼："你别理他。"

听她这么说，杰瑞米才点点头，松了口气："有空一起出去走走吧。"

"嗯，"凯西回答，"我再传讯息跟你说。"

"好。"年轻人回答，"你们就继续……唔……"他望着桌上成堆的食物，话没说完便缓缓退后。父女俩目送他远离。

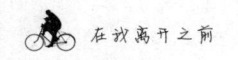

"就是他吧。"席佛说。

凯西马上露出戒备的神色:"什么?谁?"

"凯西——"

她考量着自己有什么退路:"能不能别在这时候提起,爸?"凯西轻声说着,这也是她今天第一次叫席佛爸爸,或许是因为她觉得自己暴露出弱点,又或者是她耍心机用这招来分散注意力。总之很有效。

"所以你还好吧,席佛?"凯西又看着他问。

"你好爱这样问我。"

"因为你故意想死啊!"

"可你也意外怀孕啊!"

"看起来我们是天生一对哪。"她边说边将汤匙上的奶油舔干净。放下汤匙时,她一副严肃的模样,突然挺起身子,正经八百地说,"也许一切都是天意。"

"啊?怎么说?"

"或许我们的任务就是拯救彼此。"

席佛看着自己这漂亮又聪慧的女儿。当初怎么会愿意失去她呢?"你相信神吗?"他问。

她微笑着,好像她是母亲,席佛才是小孩一样。凯西手一挥,像是包容了她自己、席佛,还有全世界。

曾经,他也相信过神。出生在拉比的家里,神自然会出现在周遭的环境中,他飘浮在角落、坐在空椅上,就算上床了,他也要微微掀开门帘偷看一眼。以前他常拿很多无聊问题烦老爸:神有没有牙齿?吃不吃东西?会不会打喷嚏?看《天龙特攻队》吗？父亲却从不厌烦，总是乐意传授神学知识给孩子。

他就在这里吗？

没错。

哪里？

无所不在。

他在我的手上吗？

在。你也同样在他的手上。

席佛那时候会张大眼睛看着自己的拳头，无法想象创造了世界、分开了红海的伟大上帝，居然会被握在自己的小手中。然后他迅速地摊开手掌，就像放走被捉住的蝴蝶一般。

神知道我们想的每一件事情？

对。

我们不乖的话，他会不会生气啊？

他了解人类，人都是他创造的，所以他知道我们并不完美。

那他为什么不把我们做完美一点呢？

因为都完美了，我们就不会努力了。

尽管他只有一颗七岁的小脑袋，却也听得出这番话里充满传教意味，只是他总不能质问爸爸有没有说谎，或者质疑爸爸才是被骗的人，于是干脆另辟话题。

神还有其他的世界吗？

可能有吧，但我们没见过。

神也会向另一个神祈祷吗？那个神会不会又向别的神祷告呢？

我想应该不会。

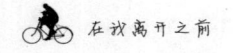

神会不会死呢?

不会。

这样的问答绵延无尽。

晚上,他躺在床上时会想象着上帝如同一阵清风在家里流动,照顾着每个人。他还记得小时候在床铺上与上帝对话,总是小小声,而且已是变得浅薄,可是却能看见上帝的五官:他的微笑、他的蹙眉浮现在沙漩图案的天花板上。就连暖炉发出怪声,他也觉得是上帝在修理东西。小席佛并不觉得上帝遥远,他是万能的管家和杂工。

一旦年纪大了些,上帝这种存在就变得恼人。席佛可不希望电话被偷听,他可以想象当自己意识逐渐涣散,然后变得非常不纯净时,上帝会出现何种斥责的表情。正常来说,有上帝在身边看着,对于他靠自己解决的性生活应该会有所妨碍才对,不过事实是,即便上帝也抵不过十四岁少年的荷尔蒙。又过了几年的某一天,当他看着天花板上的沙漩图案,怀念起以前看见的上帝面容,却惊觉原来上帝早已离去,这几年根本就没有再见过他。当时的心情,就好像听到几年没见的叔叔过世,只能试着去哀悼、去想念,然后继续往前走,忽略内心某处的一丁点不安,直到那份感觉融入成长过程中无数失落与遗憾交织而成的壁画之中。

27

　　狄妮丝被狄妮丝包围了。三个狄妮丝，加上本尊就有四个。婚纱店里，镜子从各个角度映照出她的姿容，四个准新娘身上都是朴素的露背白礼服，比起第一次结婚时一大堆褶边、形状像是水果软糖的那套要来得典雅许多。然而，在这空灵纯粹的剪裁下，仿佛隐约透露出歉意，后悔自己有过一次婚姻的过去。

　　其实她并不是很有动力来试礼服，只不过取消试装就像是某种宣告——无论对李奇或对她自己而言。狄妮丝很气自己怎么会忽然迷惘起来，也很气造成这种状况的席佛——至少她认为这都是席佛害的。还有李奇，他……到底要气他什么，狄妮丝自己也不清楚。她与席佛在一起度过了最糟糕的几年，后来离婚了，在她这么久以来的努力下，人生的结看似总算要解开了，没想到她竟又亲手打了第二个结。

　　狄妮丝看着自己的侧面，经过这么多年，她的身材没有走样，而且依旧健康，甚至她有信心说自己还是漂亮。可是，往右边看去，是个善良的新娘；朝左边看的话，却好像刚在酒吧与人打过一架。她用指头抚过颧骨上的浮肿。距离婚礼还有两个星期，狄妮丝也很希望自己可以一笑置之，或者至少耸一下肩膀就都放下，但她一直以来就不是这种个性，她在意许多小地方。而这也是当初席佛与她很合适，后来又变得很不合适的原因。

裁缝师韩妮走过来，用锐利的目光上下打量她："跟上次试穿比起来，你瘦了些。"韩妮应该是俄罗斯人，还是乌克兰人，再不然就是车臣人吧，总之，腔调浓重得好像隔着一层膜挤出声音来。

狄妮丝听了耸肩道："压力太大。"

"哪儿来的压力？应该要开心呀，现在是最开心的时候才对。"她掐了掐礼服的腰部，抬头看见狄妮丝在镜子里的倒影时，脸色很明显地变了，"他打你？"

狄妮丝笑道："没有啦！怎么可能，我自己撞到的。"

"会打老婆的男人可嫁不得。"

"他没有打我，是我撞到门。"连她自己都觉得语气不太能说服人。有些事情就是这样，无论站不站得住脚，想解释就像是说谎，"你该不是以为，我会傻得考虑嫁给一个会打我的男人吧？"

韩妮点点头："你不是过两个星期就要结婚了？"

"是啊。"

"所以你不会'考虑'，你是已经'考虑过'了吧？"

"对。"狄妮丝真希望她可以闭嘴。

到时为他们证婚的人正是席佛的父亲。狄妮丝对此其实很有罪恶感，感觉像是要卢本背叛亲生儿子似的。可问题在于除了卢本，也没有别人可以主持仪式。她去正统派的会所询问过达维斯拉比，结果对方有一张烦琐的准备事项表。看过之后，狄妮丝礼貌地将表格放回对方桌上，赶紧逃了出去。

狄妮丝一直怀疑卢本是不是觉得对自己上一桩婚姻失败有所亏欠，他在商谈之后立刻给了她一个大大的拥抱，当场首肯为两人证婚。狄妮丝虽然在他老人家怀中潸然泪下，却不禁暗忖这种安排分明就是给席佛一记暗箭，更糟糕的是，她怀疑自己是下意识想出这种报复方法。虽然这是怀疑，但她还真的无法完全否认，尤其是最近她好像常常靠下意识在行动。

韩妮跪在地上，嘴里衔着几根别针，一个一个地固定在狄妮丝后腰上。她呼出的气在狄妮丝背脊上窜动，那感觉可真是怪异得令人感到不舒服。

上次结婚时，第一次试礼服，是狄妮丝的母亲陪着一起到同样这间店来，看见女儿穿上礼服，她妈妈感动得落泪。接着两人同时想到了狄妮丝过世几年的父亲，哭成一团。后来席佛来接她，看到她穿上白纱，眼眶好像也有些湿润。当初母亲坐过的椅子就在靠墙的沙发旁，但如今她来试装，反正她也忙着工作分不开身。还有凯西……就别提了……

"你怎么哭了呢？"韩妮问。衔着别针像是一口獠牙，讲话的腔调更显古怪。

狄妮丝这才察觉自己落泪了。泪水经过瘀青处看似消失了，片刻又从底下冒出来。再过两周就要结婚，她的心情却是前所未有的孤单。

"你看上去真美。"

男人的声音从背后传来，狄妮丝与韩妮都吓了一跳。狄妮丝转身看向出声的人，心里讶异的却是自己怎么没有更压抑。席佛靠着墙，那模样像是已经在那儿站了好一阵子，神色像往常那般轻松自在，脸上露出浅浅的微笑。狄妮丝已经好久好久没看到那张笑脸，感觉一股暖意从体内升起。以前席佛总是露出这种微笑，直到经历后来的事情，神色才变得防备，视线无法在她身上停留超过一秒钟。

"嗨。"他说。

"嗨。"

"似曾相识的场面呢。"

狄妮丝知道自己也笑了，心想这真是不可思议，爱为什么可以变得如此复杂。然而，尽管她还在思考这样的事情，情感却已在胸口炸裂，她不由得动起了双脚，将还衔着别针的女裁缝给撞得一屁股跌坐在地上，却没听见回荡满室的俄罗斯叫骂声。她对自己做了什么根本没印象，视野也被泪水模糊，但她感受得到席佛的臂膀与怀抱。狄妮丝扑在他身上，哭得像是个小婴儿。

28

狄妮丝紧紧抱着他,呼出的气息轻轻地从他脖子拂过,她的背在他指尖下是那么滑顺温暖。

用过早午餐以后,凯西的情绪不大好,决定要去跟朋友聊聊天,就留下他一个人在北底区。他走着走着,经过婚纱店,很巧地竟看见狄妮丝站在镜子前。他也不懂自己为什么敢走进去——要是他能明白自己为什么敢看前妻穿婚纱,想必会了解其他很多不明了的事才对。但无论如何,之后那片刻的相处一直萦绕在他脑海。

狄妮丝的身体依偎着自己,眼泪湿了他的脖颈。在那个时间、在那个地点,她真的需要他。已经很久、很久没有人需要过他了。

狄妮丝的脸与他相距不过几寸远,她的眼睛红红的,她的嘴唇颤抖着,这么多年来从没有过的悸动在他胸口涌现。她看着他,他看着她,听起来或许并不特别,但其实这么多年来,两个人都没有好好地看过彼此。

就在他靠过去想要吻她时,狄妮丝别过脸,她的耳垂线擦过他干燥的双唇,同时发出哽咽低语。对不起,她这么说,但到底为了什么而抱歉,如同其他的一切,在席佛的世界中都很朦胧。

一瞬间这房子里好像氧气不够,席佛浑身冒汗,不知道究竟是又要中风,还是快要晕过去,说不定两件事会同时发生,但他可不想倒在这儿。那些铺着漂亮花布的家具价格与坚固程度似乎不成正比,看似支撑不了一个真正的大人体重。

所以他逃了,进了长廊,钻过第一个房间,下了楼梯又窜入第二间,这儿地面比较低,好像是所谓的日光室。席佛从玻璃拉门冲了出去,踏上庭院,侍者们已经开始摆盘,饮料是含羞草鸡尾酒。

我没办法啊,他心想。结果前面一个长相甜美、身材苗条,还穿了鼻环的女酒保,瞪着绿色大眼珠抬起头说:"我们两个一样呢。"于是席佛知道自己又将心里话大声说出口了。外头热得让他有点吃惊,阳光在青石上反射,视线正前方的空气都被烘烤得扭曲起来。刚刚屋内空调很强,现在暖暖身子倒也舒服,简直像季节变换了那般。

女酒保拔着香槟瓶口的白色塑胶塞。她的深棕色头发短短的,有些参差不齐,像是自己剪的,但拨得很有层次。

"嗯。"席佛察觉到自己一直盯着人家。

男性大脑就是如此不可思议,或者至少可以说他的大脑就是如此不可思议。明明因为中风而损伤,却保有从青春期便隐藏其中的那份无止境的欲望。他随时可能暴毙,刚刚还参与了令人深深感动却又惊恐的仪式,也与前妻好像再度陷入热恋,但脑袋却还同时也有足够的计算能力去观察这位性感的酒保，留意她脖子上爬着触手形状的单色刺青、她习惯伸舌头舔上唇，还有她慵懒中带着庞克摇滚风格的烟嗓子。

她看了看席佛，露出微笑，看样子只觉得有趣，并不感到困扰。席佛真想吻一吻那轻柔的唇，他想与女酒保一起逃走，却也想从女酒保的身边逃走。

"你以前玩乐团对不对？坏雏菊？"

"是'弯'雏菊。"

她被纠正了也不以为意："很酷。"

席佛观望着她很有耐性地拔瓶塞，又转又拉，随着轻轻一声啵弹了出来。她换了一瓶继续，顺口问道："你还好吗？"

"我快死了。"

女酒保漫不经心地听进去。她长得漂亮，又是酒保，两者组合起来的结果就是不太容易被吓到。

"只是想呼吸新鲜空气。"他改口。

"唔，"他目光飘向偌大的庭院，旁边有不规则形状的大水池和一个鱼塘，"那你来对地方了。"

过了一会儿，里头的客人陆续来到庭院，打算享用早午餐，他们朝席佛投以怪异的眼神。因为席佛坐在池边，卷起裤管泡脚，同时拿着一整瓶香槟在喝。他父亲看见了，走过来坐在旁边的地上。

"刚才怎么回事？"他问。

"我不知道……可能有一点点幽闭恐惧吧。"

卢本点点头："池子怎么样？"

"不错啊，"席佛回答，"水温温的。"

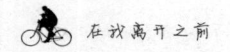

"我跟你说，"他父亲话锋一转。"你妈妈最近情绪很不好。"

"是喔。"

"星期五晚上回家吃饭吧，让她给你做点菜，也让她看看你。这对你们两个应该都好。"

"嗯。"

卢本用眼神打量他，似乎想说什么、想问什么，但也知道此刻席佛的精神状态并不合适，于是他脱下皮鞋与黑袜，卷起西装裤裤管，将腿也放进池水中。

"这样下去，我可没办法再带你出门了。"他说。

29

凯西回到凡尔赛宫后,去了游泳池那儿,与几个老男人聚在一块儿。杰克对此可不怎么高兴,猛朝着席佛摇头,好像他犯了什么滔天大罪。

"怎么了?"凯西见状问道,"我妨碍各位耍帅了吗?"

"有一点。"杰克转头对席佛说,"我说你啊,真的要让女儿待在这儿?"

"他到哪儿,我就到哪儿。"凯西说。

"可真是个天衣无缝的计划。"杰克闷哼。

"我出现在这边,你们不方便盯着和我同年龄女孩的屁股,是这个问题吗?还是说,假如我过去坐在那儿——"她往正在做日光浴的那群大学女生一指,"也穿得少少的,你们同样会瞪着我的屁股看,但因为我是朋友的女儿,所以就害臊了?"

杰克低骂了一声。

奥利弗呵呵笑。

"凯西——"席佛开口了。

"抱歉、抱歉，"凯西装傻笑着说，"就假装我不在这儿嘛。"

"你闭嘴的话会比较容易假装！"杰克回答。

"男人到底对吃嫩草有什么执着啊？"凯西问。

"她又来了！"杰克叫道。

"不、不，我是认真的，"凯西说，"我真的很好奇。"

杰克探出头来盯着她，又回头看看泳池另一边在椅子上排排躺好、仿佛刚从组装线出来的大学女生们。接着，他看了席佛一眼，试探做父亲的同不同意。席佛只是耸了耸肩。

"我觉得这是人类学上的研究课题。"杰克说。

"你到底要说什么啊？"

"我的意思是，真是写在我们细胞里的程式，整个动物界都是这样。雄性会被年轻、生殖能力比较强的雌性吸引，那是本能，是繁衍族群的天性。"

凯西摇摇头，露出难以置信的笑容："意思是说，你们只是生物机制下的无辜者？一股无法控制的冲动？"

"你刚刚可不是问我这个。你问的是我为什么被年轻女性吸引。"杰克转头面对着她，"控制是我自己没做好。但话说回来，你自己也一样。我们没办法决定自己受到什么人吸引。相信我，我真的希望自己做得到，这样一来，我就不会离婚，你也不会怀孕。"他指着奥利弗与席佛又继续说，"大家都不会变成现在这副德行。"他瞪大了眼睛，那真挚的模样席佛从未见过，"我爱我老婆，我愿意放弃现在的一切回去她身边。你看看我们，哪个人脑袋真的不好？但性这档事和脑袋灵不灵光完全没关系，那是冲动、本能和动物之间的吸引力，根植在我们的细胞里面。我知道学校在发保险套之前的说法不是这样，但我讲的才是事实真相。并不是说我觉得这有什么不好，其实真的烦呐。"

讲到后面，他声音越来越高亢，几乎要破音了，不过他很快察觉到这一点，连忙四下张望。这是席佛第一次听他这种语气提及自己的老婆，也是第一次在他玩世不恭的外表下捕捉到一样痛楚。

凯西应该也感受到了。"其实说得很动人呢。"她说。

"还出人意表的十分流畅。"奥利弗补充。

"我也有这种时候啊。"杰克好像已经开始后悔了。

凯西转头看着奥利弗："所以，你们同意他的说法？"

奥利弗思考了一下："我欣赏他的见解，但不一定愿意为那些行为背书。"

"啧，鬼扯！"杰克不耐烦地说，"你不会比我好到哪里去。"

"我可是有个这种年纪的女儿喔。"

"已经不知道多少年不和你讲话的女儿吧。"

"那可不会改变事实。"

杰克翻了个白眼。

凯西转头望向父亲："席佛，你呢？"

"什么我呢？"

"别装蒜，我之前都看到你跟那个辣妹勾搭在一起了。"

他根本不想回应，但就如同其他事情一样，席佛似乎无力阻止自己身体的行动。"皮肤比较光滑。"他开口说，"那样的吻会让人什么都忘记，好像死了再度重生一样，不过那种感觉又会渐渐淡掉，我也不知道为什么……"

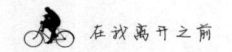

他一抬头,发现凯西、杰克和奥利弗都瞪大了眼睛:"怎么了?"

"你的分析,唔……很完整……"凯西说。

"是你问我的啊。"

"对,是我问的。"

"我可以更改答案吗?"杰克一开口,大家顿时爆笑出声。席佛想不出明确的原因,但这世界有短暂的片刻摆荡到了 OK 的那一侧去。

只不过后来在游泳池又出事了。他躺着漂浮在水面上,眼睛望着天空,忽然一道闪光以后,世界被黑暗吞噬,人也沉了下去。他感觉到水涌入鼻子与口中,下背部与腰际摩擦着泳池底部的粗糙地面,在黑暗中快要溺毙的他无法动弹。就这样结束吧,他心想着,竟奇妙地一点也不慌张,只是略微悲哀。他甚至告诉自己要专心,假如这就是死亡,那么只会有一次经验而已,他可不希望错过任何一部分。不要像活着的时候一样。

接着有人伸手扣住他的臂膀,绕过他腋窝,下一瞬间他在半空中打了个颤,然后滚上坚硬粗糙的池畔。眼前有色彩光影在晃动,出现了移动的形体。这简直像是刚诞生的过程嘛,他心里又这么想着。然后耳边响起杰克的叫声:"够了,席佛!快给我醒过来!"随即凯西的面孔映入眼帘,在自己头上动来动去,距离近得可以看见水珠从她脸颊滑落时折射着阳光。"爸!"她也大叫,"听不听得到?"

他点点头,却马上吐了一大口掺了氯的泳池水,朦胧中察觉附近挤了不少人,也想到自己的大肚腩就这么给大家看光了。

"我没事。"席佛往旁边一滚,想要起身,忽然一双手从背后贴上来,制止他的鲁莽举动。

"你慢一点。"奥利弗叮嘱着他。

他缓缓坐起,看着凯西,女儿正强忍着泪水。"到底怎么回事啊?"她问。

"我也不知道。"

"你就那样沉下去了。"

"不是故意的。"

"你确定?"

凯西的样子看起来好像有哪里不对劲,就好像他无法判断出女儿究竟离自己多远。他又看看周围,一些男人和大学生就站在那儿,大家都在看着自己,可是席佛总觉得自己望着这些人的角度与以往不同。远方传来鸣笛声,救护人员赶到时,他已经判断出来,左眼失明了。

30

"你快要死了。"李奇站在席佛身旁,用笔形手电筒朝他眼睛照了照。

"说些我不知道的。"

李奇收起手电筒,看着他正色道:"你现在出现的病症叫'黑蒙症'。"

"看吧,总会有我不知道的才对。"

凯西坐在床脚边跷着腿,笑了一下后摇头。

"一小块血栓剥落后,卡在你眼睛的血管里,应该会随着时间散掉,所以你现在对光线已经重新有了反应。"

他闭紧右眼,左侧视野中有一团光线与颜色:"看起来会恢复原状。"

"也许会,也许不会。"

狄妮丝进入病房,看来有点喘不过去,像是从停车场一路跑进来。三个人一起望向她,她的脸庞泛红,看起来有着年轻羞涩的气息,令席佛胸口涌起莫名的情绪。

"你看起来很漂亮。"

"席佛，你闭嘴。"狄妮丝这么回答，语气却不凶悍，这让席佛忍不住心想，也许她也回忆着那个拥抱。"你状况还好吧？"她问。

"可以凑合啦。"这是他们刚结婚时常说的一句话，他看得出狄妮丝还记得，脸上又漾起浅笑。

李奇退后一步，明明是他工作的医院，却瞬间沦为介入别人家庭的角色。虽然席佛心里有那么一点为他感到遗憾难过，但大部分是幸灾乐祸、扬扬得意的念头。

"嗨。"李奇对未婚妻打招呼，上前吻了她双颊，动作尴尬不自然，一方面可能是因为他还穿着医师袍，另一方面则是两个人关系确实起了变化，更不用说她的前夫也在场。

"她先跟我在一起的。"席佛开口道。

"哎，席佛！"凯西叫道，"别再胡说八道了啦！"

"我知道，"李奇回答，"但她最后会跟我在一起。"

"李奇……"狄妮丝淡淡开口。

"怎么了？"他猛然回过身，"现在不都是这样做的吗？心里想什么就说什么不是吗？大家笑一笑就是了。"

"他生病了。"

"他不只是生病，都已经快死了，可是好像只有我想保他一命。"

"我很感激。"席佛说。

"席佛，你真的是个浑蛋。"

"我想我需要不同的意见。"

李奇回身的速度之快，让席佛以为自己会被痛击一拳。"好，席佛，你要听就仔细听清楚，"李奇愤愤不平地说，"你根本就不想死,你只是希望可以不费半点功夫就得到大家的原谅,以为可以抹去你抛弃妻女的事实。而且你太以自我为中心了,根本没意识到你再这么继续下去,等于二度毁掉她们的人生。"

"别说了。"狄妮丝又开口。

"如果我说错了,你就讲出来啊,狄妮丝!"他大吼,"你倒是说说看,如果不是因为他,我为什么又搬回自己的房子住?"

"你搬回去了?"席佛问。

"闭嘴啦。"凯西骂道。

"别在这儿吵。"狄妮丝骂道。

"不在这儿吵,要在哪儿吵?你根本就不回我的电话。"李奇回答。

席佛滚下床,看着凯西说:"看样子我们应该给他们一些空间。"说完以后,他朝门口走去,但却被李奇一个箭步上前拦下。席佛上下打量他,暗忖该不会要在这儿都动手了吧。虽然李奇个头高出几寸不过他长大之后应该根本没打过架,而席佛可是酒馆门殴的老手了——即使他并不真的记得自己都怎么和人过招,实际上也从来没打赢过,不过,至少耐打是胜利的一半。

"你不会得到她。"李奇说。

"什么意思?"

李奇望向狄妮丝,说话的语调和缓镇定:"我是说狄妮丝。你不会得到她,她要嫁的人是我。或许她最近内心纠结,但故事还是会这样发展下去,你再怎么努力也只是将结局稍微往后延，使她一时拿不定主意，可最后还是我跟狄妮丝结婚，她和我还有凯西……一起埋葬你。"

"除非我动手术。"

"对。要活要死随便你，但无论生死，你都没办法抢走我的妻子。"

他讲的话真是混账，但也的确是真知灼见。过些时候，席佛会在脑袋里重复播放这片段，耐心地思考，但现在他扭曲的爱在房间中膨胀，逼得他想要冲出去。

"你要去哪儿？"狄妮丝紧张地大叫。

"回家。"

"你才刚又中风一次啊，席佛！"

"是，"他回答，"不过不碍事。"

他踏上走廊，回头对着凯西说："没事的，宝贝，别哭。"

"我没哭。"凯西抹了抹脸。

"明明就有。"

他爱过一个女孩，女孩内外兼备、刚柔并济，还聪明伶俐，微笑起来可以甜死人。究竟是什么原因，他自己也从未想出答案，但那女孩子居然也爱着他。女孩听他说笑话就大笑，也对他的身体有兴趣，爱他的程度可说是盲目地信任，这令他心头为之一暖，同时却也惊慌失措。两个人做爱时简直不顾一切，没有地震，但他们却为之撼动不已。结束之后，两人身子挨在一块儿，他舌尖尝到女孩的汗珠，他许下了承诺，而她也都相信。这并非一见钟情，反倒比较像是涓涓细流，然而累积起来却也成了海啸。一天傍晚，他们在码头边吃冰淇淋，他要女孩取下那枚爱尔兰守护戒借他看看，可在他交

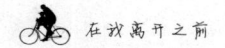

还给她时却变成了钻戒。女孩哭成泪人儿，他以亲吻拭去泪痕，也答应女孩往后决不再让她哭泣。那只是几百个没守住的承诺之一，而他违背誓言的速度比自己所能想象的还要快得多。

31

星期五的晚餐有陷阱。凯西与席佛一进门，面对的是他侄子们的欢呼叫闹，恰克、露比与狄妮丝则坐在客厅沙发上，三个人有些严肃地对谈着。与前夫的亲人同处一室，狄妮丝的神情并不怎么自在。

凯西悄声说："你知道会是这样？"

"一点也不。"

卢本上前招呼他们。他穿着比较好看的另一套西装，整个人干净利落，看来应该是刚结束周五晚间的礼拜活动。屋子里弥漫着席佛童年时代的气味：刚出炉的犹太传统辫子面包、掺糖的鱼浆饼、塞了馅料的包心菜。餐桌上铺了漂亮的白色布巾，母亲将安息日才会用到的银色烛台放在中间，此刻已经点燃了，火光耀眼。一切又回到了他的孩提时代，安全、温暖而明亮，但他反而有种感觉，好像自己在几年前就已经死了，以幽魂的身份回来，因为未了的心愿而卡在阴阳两界之间。

"希望你不会介意。"父亲给了他一个拥抱。

"你可以先告诉我的啊。"

"告诉你的话,你就不会来了吧,我可不想让你妈失望。"

"所以你就选择让我失望啰。"

卢本笑了笑:"我爱儿子,但我可是跟老婆睡同一张床啊。"

"两个大男人别越来越恶心了。"凯西说。卢本开心地亲了亲孙女的脸颊。

"他到了吗?"伊莲在厨房里大声问。

"和你妈打个招呼吧。"卢本叮咛。

"嘿,妈。"

伊莲穿着黑色围裙与拖鞋,站在厨房中间的桌子那儿切着伦敦烤肉。她刚刚应该与卢本一起去了犹太会所。席佛想象着那画面,两个人祷告完以后挽着彼此的手散步回家,一起呼吸夏日暖风,倾听熟悉的脚步声在街道上回荡,内心期待着与家人共享一顿丰盛愉悦的安息日晚餐。他可以从那幅画面感受到双亲过着充满爱、平静舒适的生活,没有刻意努力却也走上了正确的路,得到他不知为何错失了的那份满足。

"你气色怎么这么差?"母亲放下刀子。

"这几天没睡好。"

"过来给我抱一下。"

席佛的体型明明是母亲的两倍大,但抱在一起却反倒像是他消失了一般。

"妈……"他声音哽咽起来。

"我知道。"她拍拍儿子的背,"我都知道。"

他几乎真的相信了。

虽然席佛左眼的视力渐渐恢复，但还无法正常聚焦，因此造成了平衡问题。在客厅里，他绊了一下才摔坐在凯西和狄妮丝中间。"你还好吧？"狄妮丝见状问道。

"没大碍。"

"但愿如此，否则你妈可是会担心的。"

"没事啦。"

"嗯。我挺想念他们的。"

他明白狄妮丝的心情。她的母亲已经过世好几年了，伊莲又一直想要个女儿，所以即使是和席佛离婚以后，狄妮丝与他母亲的关系还是非常好，有时候席佛甚至觉得他俩没有更早离婚，是因为狄妮丝不希望失去伊莲。她们经常一起吃午餐，虽然母亲没提起，但榆溪市不是个多大的市镇，他自己都曾在人行道上隔着餐厅落地窗看见过几次。离婚这档子事，无论分手的状况再怎么好，都还是会搞得一团乱，毕竟曾经是一家人，关系很难切割。大概只有那些电影明星能够分得一干二净吧，其他人只能怀抱着难以实现的盼望，然后睁一只眼、闭一只眼别扭地继续活下去。

在餐桌上，他的位子在凯西和狄妮丝中间，对面是恰克和露比，他们的两个儿子坐在一旁，抖来抖去就像是加热后的分子。一个侄子叫查克，另一个叫班尼，分别是八岁与六岁，就跟卡通人物一样永远静不下来。此外还有个小婴儿叫奈特，就睡在角落的娃娃车上。大家一起唱了平安曲，然后卢本举起银杯念诵祈福祷文，接着将酒分在小银杯里传给大家。祈福酒的味道有点像是咳嗽糖浆，附着在席佛的舌头与喉咙上，甜得黏腻。之后，大家在厨房用一个专门的银杯洗过手，再度回到餐桌上；卢本在祝福之后，分切面包给大家。等仪式都完成以后，伊莲和凯西才去端汤出来。

卢本将今天在会所讲过的故事浓缩后拿到餐桌上说，席佛不由得注意到身旁的狄妮丝仔细地听、尽情地笑，看起来非常开心。他真想牵起她的手，于是从桌子底下悄悄伸了过去，但狄妮丝的手溜了开来，给了他一个怪异的表情，然后起身去帮忙清洗汤碗。

露比切了鸡肉给儿子们吃，同时对恰克使眼神，于是席佛知道应该还有什么计划正秘密地进行，可他也没法去干预，只能坐下来静观其变。虽然他一直瞪着恰克，希望可以让他露出马脚，但恰克却都机灵地避开他的眼神。

"恰克——"席佛一叫唤，忽然整桌人都安静下来，他这才意识到也许自己音量过大了，不然不会连两个小男孩也直直望着他。

"怎么了？"恰克问。

"不要。"

"不要什么？"

"不管你们想干什么，不要。"

恰克脸一红，转头望着父亲，不知道该如何回应。卢本叹口气，放下叉子。父亲这么多年来为许多家庭提供咨询，常要说出一般人觉得开不了口的话语，席佛第一次体会到这种踏入他人家族地雷区的行为需要多大的勇气，又会造成多大的心理负担。卢本靠在椅子上，偶尔他讲道到一半也会使这姿势，仿佛正静静地整理思绪、凝聚能量。

"席佛，这对你来说是很艰困的时刻，"他开口，"对我们全家人来说都一样。我们今天团聚在一起，就是希望你能够明白，我们都想帮忙。换成我们有需要，你也一样会想伸出援手。"

席佛却将椅子往后推，站起来说："我现在真的没办法。"

"别这样。"伊莲跳出来说，"先坐下，我们又不会咬你。"

"我很感激你们的好意，可是——"

"给我坐下！"他父亲怒喝一声，拳头敲在桌子上，其他人全吓得跳起来，回到位子上，手从桌面下探过去抓着席佛的手，紧紧贴靠着他的大腿。大家都望着卢本，而他只是坐在那儿。

席佛曾因为考试作弊而被短期停学后，又因为在体育馆的男子更衣室抽大麻而再度停学。考驾照之前两年，他偷了车钥匙开老爸的林肯汽车，倒车时撞破了车库大门。十六岁时，他乱骂上帝是变态，刚好被老爸听到。可他从来没有听过自己父亲像这样大吼。其他人也一样。而此刻，卢本还在颤抖着。全家人被沉默重重压着，像是军队射击之前带着肃杀的寂然无声。一会儿后，卢本浅浅地苦笑，带大家回到现实中。

"我爱你。"他开口，"但你太自私，也太冷酷了。我们是你的家人啊，假如你真的决心要死，那也无所谓，但你死之前也该对大家好一点吧。"

卢本放在桌子上的手仍在颤抖，旁边的刀也晃了起来，反射出水晶灯的璀璨光芒。席佛闭上右眼，眼前只剩下一抹小小的新月形光线在黑暗大海忽盈忽亏。他再度睁开仍完好的那边眼睛，屋子里的一切在飘荡一阵后才总算定了型。

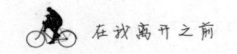

卢本看了伊莲一眼,示意她开口说话。

"我也爱你,席佛。"母亲的声音带着异于往常的正式与疏离,却又因为充满了情感而微微颤抖,"打从你出生以来,我就一直爱你。就算你玩乐团玩到忘记了自己的家庭,就算你与狄妮丝闹到了离婚,就算周末你都不知干什么去了,没尽到做父亲的责任,我和你爸只好代替你陪凯西。可一直以来,我都没有批判过你,没有说过你真的是不体贴又自我。回想起来,说不定我该早点告诉你。我不知道……我只是希望能一直守着你,相信你有一天会想要找到回家的路,也真的能找到方向。但现在,现在我觉得我该把我的想法告诉你了。还有你父亲、恰克、狄妮丝、凯西,在这儿的每个人都不计较你做过什么,衷心希望你好。我们要把内心的想法告诉你,希望你听得进去。"伊莲哽咽了,却强忍着说完,然后用力一点头才坐下。

卢本伸手覆住妻子的手,点头称许,然后望向恰克:"你也说说吧。"

恰克看着席佛,腼腆地笑了笑,清一清喉咙:"以前我们感情还不错,"他说,"我不知道后来怎么了,好像是你搬去那个地方以后就从人间蒸发了一样。你刚离婚那时候,还会到我家来一起吃晚餐。每次都是我们吃到一半,你就忽然来了,拉张椅子就坐下,逗我家两个小朋友笑。其实他们挺喜欢你来的。晚餐之后,我们会一起在阳台上喝啤酒闲聊。你还记得这些吗?"

听弟弟提起,席佛就想起来了,但在今天以前,在这几年来,他真的完全没想起这件事。这算是遗忘过去吗?不过他猜就结果而言,其实没什么不同。

"我不知道为什么你后来就没再去找我,"恰克越说越起劲了,"而且也不回我电话。我一直在想是不是我说错过什么、做错过什么,还是我该做什么却没有做,但无论如何,我们根本就不该像这样继续下去。我很想念有哥哥的感觉。每次看我家两个小鬼打打闹闹……"他有些哽咽,露比见状,一边抱着婴儿摇晃,一边走到丈夫背后轻轻拍他的左肩,父母与小孩三人构筑出的画面就好像圣诞卡一样温馨。看着弟弟一家人,席佛心里却涌现一股熟悉但又无法解释的怒火。

"爸爸为什么哭了?"查克问。

"爸爸没有哭,"露比说,"他只是在说话。"

"他哭了啦,你看——"

"你们两个先去地下室玩。"

露比将两个小男孩推到餐厅外,又回来守在丈夫身后,轻轻摇晃着小婴儿哄他入睡。其实她只有轮流晃动左右脚跟,可能只是个下意识的动作。

恰克抹去眼泪,深呼吸一口气,开始切入重点。"我不希望你就这么死了。"他说,"本来我还希望那动脉什么的问题,会像闹钟一样把你叫醒,带你回到我们身边。"

席佛感觉得到所有人的视线从桌子另一边射过来,他真希望自己不会把内心的想法给说出口……

"你这白痴。"他还是说了。完蛋了。

露比倒抽一口气。恰克缩了一下,就像是小时候席佛假装要打他时的反应一样。假如弟弟没有缩起来,他就真的会打下去。

"我看我们该走了。"凯西低声道。

"很抱歉,"席佛继续讲下去,"我知道你说的是真心话,但我还真想把你打到流鼻血,要说原因嘛,我也不是很清楚。我猜可能是因为你拥有我所失去的每一样东西。漂亮的老婆、孩子、一个完整的家……另外,大概就是你看起来太得意了。每次我过去,你都一定要去牵露比的手、拍她的屁股,连她端个布朗尼蛋糕出来都要亲一下。拜托,谁看不出来那是用速成蛋糕粉烤的啊?我都搞不清楚你那样做是因为看了我过得多窝囊,所以开始珍惜人生,还是故意要给我难看,因为我从小到大都比你聪明,不像你请了那么多家教——"

"我有ADHD[①]啊!"恰克大叫。

"重点是,"席佛还没说完,"我每次都在想,等我走了以后,你是不是就会钻到房间里,躺在露比旁边,心想和你的窝囊废哥哥比起来,你真是好太多了——我就像是个警世寓言一样,拿我对比的话,你的人生真是光彩得多。所以过没多久,我就受不了了。"

"你真是无药可救,我是想帮你!"

"不需要你帮。"

"你屎都已经拉在大家身上了,还在嘴硬。"

"好了,亲爱的,"露比按着他的肩膀,"意思说清楚就好。"

"管他什么意思不意思的!"恰克站起来,"真抱歉,你连人家跟老婆相爱也看不下去,我可真是大浑蛋呢。"

"不是你的错。"

"废话,当然不是我的错。"恰克转头对父母说:"抱歉,

[①] 注意力缺陷过动症,会影响学习。

我努力过了,这家伙根本谁的话都听不进去,他根本不想听。老天……他大概还觉得自己是什么摇滚巨星吧。"他随即又瞪向席佛,猛摇头,"我真的觉得你很可怜,只不过是写过一首畅销歌,就把人生里所有的好事都给搞砸了。"

"事情不是那么简单……"席佛说。

"也没复杂多少。"

席佛思考了一下:"对,是差不了太多。"

恰克朝门口走去:"我得离开这儿了。"

"别走啊。"伊莲说,"我们晚餐都还没吃呢。"她转头对席佛叫道:"跟你弟弟道歉!"

"真抱歉惹毛你了啊。"席佛道。

"去你的。"

"恰克!"露比劝说着。

"我出去散散步再回来。"他停在门口,又白了席佛一眼:"席佛,你真的病得不轻。"

"我是啊。"席佛回答,"你要去哪儿?"

恰克给他这么一问,忽然有点尴尬:"不知道,离你远一点就对了。"

席佛却点点头,拿了那瓶祈福酒,也站起身来:"那我陪你散步吧。"

兄弟俩不发一语地走过几个路口,来到李文斯顿大道一条死巷后面的池塘。晚上有点凉意,附近飘散着金银花和除过草后的香气,让席佛仿佛又回到了过去。小时候他们两人会一起到这池塘边钓鱼,有小鲈鱼、鲂鱼,偶尔还会出现鲶鱼。那时候都是他帮恰克装鱼饵，因为弟弟不敢用钩子穿过活虫。他们都坐在池畔比较平坦的大石头上，聊天话题总是会回到席佛对于三个S有什么想法，分别是"星际大战"（Star Wars）、体育赛事（sports）与性（sex）。假如水面结冻，他们还会在上头溜冰，一些年纪较大的孩子甚至会拿扫帚打曲棍球。然而，自从所罗门·科瑞滑落裂冰溺毙以后，就没有人敢再站在上头玩耍。

所罗门比席佛大一个年级，他很高，也瘦得难以想象，走路踏步的样子很像个木偶。他溺死的事在席佛心中留下好一阵子的阴影，很难想象一个认识的人就这么迅速地从生命中消失了。那年席佛十二岁，事发之前，死亡对他而言只是在意识最边缘的模糊概念，但却在那一刻侵入了他的世界。那段日子里，他觉得生活中所有东西都是不真实的。当他躺在床上，纵向想着当冰水灌入所罗门的肺部时，他脑海中到底闪过了哪些念头。所罗门在那当下知道自己会死吗？或者他在失去意识之前，还以为隔天一样会在床上醒过来吗？

"你记不记得所罗门·科瑞？"他问恰克。

"记得啊。"恰克捡起一颗小石头往水里扔。他们又沉默一会儿，看着涟漪散开、消退，"以前我一直以为他还在水底，没有想过大人应该会把他打捞起来。"

他们再次坐在平滑的石头上，递着祈福酒轮流喝。那种酒很少会让人觉得好喝，但席佛现在觉得还不错。

"他是第一个我认识然后死掉的人。"

恰克点点头，大大灌了一口，吞下去的时候五官全皱在一起："这酒还真糟。"

"我倒觉得还可以。"

"所以,"恰克换了个话题,"你到底在想什么?我是说,我干吗跟过来?"

"很难解释。"

恰克把酒瓶递过去:"那你应该试试看。"

席佛喝了一口,品尝了一下属于童年以及上帝的滋味。他稍微往后仰,抬头看着天空。这池塘是附近灯火最少的地段,因此可以比平常看见更多的星星。

"医生可以开刀修好我的血管,"席佛开口,"但麻醉退了醒过来后,我并不会真的'好起来'。从狄妮丝跟我离婚之后,已经过那么多年了,我原本以为到了谷底,重新整顿就可以继续前进。但七年过去,我根本没有跨出半步,根本什么也没做。我只是……裹足不前。现在,他们说要救我的命,如果那是代表回到之前的生活,其实我已经无法再忍受下去了。"

恰克神情阴郁地点着头,显然完全能够理解。席佛别过脸,觉得自己没办法看着弟弟的眼睛。

"我觉得这是好事,"恰克说,"代表你有认知了,明白自己需要改变。所以就动手术啊,好起来以后开始着手改变。"

"你不觉得,假如我真的可以改变,我应该早就做了吧。"

"状况不同了。"

席佛摇摇头:"但我并没有不同,还是原本那个搞砸一切的浑蛋,连我自己都不觉得这一点有什么变化。"他又想了想,"每次只要我想象动手术,都会想到在病床上醒过来,

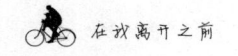

可是根本没有人在等我，没有人要带我回家。"

"我们大家都会在啊。"

"不是那个意思。"

恰克又苦笑，"我懂。我知道你在说什么。"

两个人又沉默了一阵子，拿着石头往水里丢，听着被激起的水花声，看着石头被黑暗的水面吞没。某个角落传来哀愁的蛙鸣声，在池塘上回荡着。

"其实我可以帮你。"恰克说，"我们两个一起想计划，设定好目标，例如找份好工作、多陪陪凯西之类。"

"你要当我的人生导师吗？"

"我想是吧，嗯。"

席佛摇摇头，除了感动之外，还觉得疲惫。酒精在身体里扩散，他眼睛快要睁不开了，心想就这么死在池畔、死在弟弟身边也不错，仿佛有种和谐的韵味。只不过他再深入想想，就明白死亡这件事没有和谐可言。不信的话，可以问问所罗门·科瑞。

"唔，"恰克又开口了，"而且不管你的人生有多糟糕，我有时还是会想变成你。"

"就像我一开始说的，"席佛告诉他，"你真的不是那么聪明。"

32

后来,席佛陪狄妮丝走路回家。在他与恰克到外头散步的期间,凯西已经先离开了,说要去勒伍德家参加杰瑞米的欢送会。杰瑞米这学期会出国,到现在还不知道自己干了什么好事。席佛不是很明白女儿为什么会想去参加欢送会,不过他知道自己未曾真正理解女人心。女儿长大了,和其他女人一样,在他心里就是如此神秘。

狄妮丝与他并肩走着,虽然沉默,但气氛和谐。他走在左侧,也因此席佛并不是看得很清楚——他的左眼视力尚未完全恢复。但狄妮丝的手臂一直轻轻地摩擦着他的手,所以席佛能感觉到她的存在。他记得刚结婚时,两人度过很多这样的夜晚,在星期五晚上从他爸妈家里走回自己的家,内心期盼着他们小窝的温暖。于是他意识到,这路线虽然是朝着狄妮丝现在住的房子走过去,却会经过之前的旧家,而他的情绪也一点一点起伏了。

旧家是栋小屋,是鳕鱼角这儿典型的建筑,有个很大的家庭起居室,就在厨房旁边,是20世纪70年代才加盖的。

狄妮丝与凯西搬走以后,房子自然就成了席佛的,直到被银行查封为止。没过多久,有天他喝醉了情绪激动,居然开车冲过前院草皮,将客厅的墙壁给撞穿。最后虽然幸运地没有被以刑事罪起诉,车子也全毁,而他后来没再买一辆。

两人到了转角,狄妮丝说:"要换一条路走吗?"

席佛顺着路口望过去。离婚后有好一段时间,他开始跟着小乐团兼差,于是跟母亲借了旧旅用车来载鼓组,他开车时下意识地开回这里,直到转了弯以后才想起自己已经不住在这儿。当一个人习惯了自己所构筑的生活之后,对他而言那就像是全世界,而当它崩毁之后,世界就像是脱了序。以他的状况来看,他的生活再也没有重建过。

"没关系。"他回答。

心里有股冲动想要与狄妮丝一起重温这段路途。他不知道这会是一种治愈,又或者是延续多年来的自虐——任何与狄妮丝或凯西相关的事情,都可以用来惩罚自己。

那栋屋子是右手边第五栋。他踩在人行道上,心里的恐惧越来越大,于是伸手牵起狄妮丝,感受着她的手指包覆着自己的手掌,在这一刻就像是船锚稳固了他的心。走到了屋子前面,它还是一样小、一样白,看起来完全没有改变。席佛又想起过去那几年,自己踏上那三级阶梯,毫不犹豫地推开前门的景象。当时他从没想过会有一天,自己竟与狄妮丝像这样站在路旁,将这栋屋子当成是纪念两人所失去的过往。曾经是两人天地的小屋,此刻从百叶窗透出淡淡的电视光线,如同即将熄灭的星火。

"都是我的错。"他还是说了。

"我们当时都年轻。"

"也没有那么年轻。"

屋子里有了动静,有个男人在大型平板电视所映射出的光芒前行走。现在几乎每个房子里都可以看得到这种景象,大型液晶荧幕闪烁着,人人都沉浸在那些催眠人的光线里。席佛心想,假如当初他们也有买一台,自己的情绪是不是会比较平稳,说不定他就会愿意屈服在平淡的日子里。

狄妮丝望着他,眼神透露出温柔,还有一点点别的。那是某种熟悉的情感,使席佛的心跳加速。

"听我说……"他开口。

狄妮丝身子一转,站在席佛的正前方。她摇摇头,露出苦笑,朝他伸出手。席佛真希望时间可以倒退回他们初次相识的那场婚宴,然后重新来过。现在他知道该怎么做才对,他知道自己得付出的代价是什么。

"我也希望。"狄妮丝的拇指轻轻拂过他下颚。

气氛改变了。

她偎进席佛怀里,吻了他的脸,就在眼睛下方的位置。因此,当她稍微吻上席佛的唇,席佛可以从狄妮丝的唇上尝到自己的眼泪。那个吻很长、很深,他将狄妮丝拉近,感受得到自己的胸口起起伏伏。他好希望可以就这么一直与她吻下去,在曾经属于他们的家前面吻到动脉爆裂,然后死在她怀中。

可这个吻还是结束了,就像每件事情都会结束一样。他知道狄妮丝会开口说话,说出一些诚恳而实际、美丽却也令人伤心欲绝的言语,将彼此推回到原本分离的轨道上。没想到,

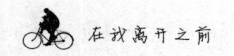

他却再次感受到狄妮丝的双唇贴了上来,分开他的嘴,伴随着浅浅的呻吟与叹息。

那个吻告一段落后,席佛不再怀疑她的心。

"走吧。"狄妮丝说。

33

等到凯西鼓起勇气走入杰瑞米的家里,派对已经达到了高潮。她穿过院子与游泳池,还有勒伍德家那片微微倾斜的草坪。这几天杰瑞米时不时传讯息过来,邀请她参加这个欢送会,凯西终究还是来了,却不知道自己打算怎么办。

音乐开得很大声,即便双层玻璃也挡不住贝斯与鼓声,声音渗透到了外面,飘散在空气中。游泳池另一头有四五个年轻人围在那儿,鬼鬼祟祟地捧着一个碗,正在吸里面的东西。另外还有一对情侣躺在躺椅上,隔着衣服磨蹭得很开心。凯西觉得自己与他们好像有了百万光年的距离。

露天平台上有一群成年人坐着喝莫吉托[①],在响亮的音乐声中努力挣扎着聊天。不知道他们是醉了,所以对于地下池畔的非法活动毫无所悉,又或者原本就不以为意。凯西看见李奇也在场,他靠在椅背上,手里端着啤酒。她挥了挥手打招呼,却忽然想到自己才刚与亲生父母一起用晚餐,不由得生出罪恶感,但还是绕了过去,轻轻吻他的脸颊。

---

① mojito,鸡尾酒的一种。

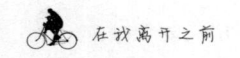

"晚餐如何？"他问。

"乱七八糟。"她回答。

"你还好吗？"

"要看'还好'的定义是什么。"

他点点头，浅浅地、但很真心地一笑："你妈妈回来没？"

"在路上。"

李奇点头，喝了口酒。"嗯，你赶快去和年轻人混在一块儿，可别被我搞砸形象啦。"

"我一开始就没啥形象可以搞砸啦。"说完，她朝里面走去。

从后门进去之后，看到的画面就和每一部电影里的居家派对一样：在场的年轻人远远超过房子原本可以容纳的程度，所以每个角度都有人，大家喝酒、鬼叫、跳舞、认识新朋友。凯西看见几个自己毕业班上的同学，与他们打过招呼后，也没停下来多讲几句话。在这种场合里，不断移动是关键，一旦停下脚步就会被派对给吞噬。不知道谁递了啤酒给她，她喝了一小口，忽然想起自己不应该喝的，但还是决定继续拿着，这样反而能挡下其他更多的酒。

星期一杰瑞米就要搭机前往巴黎。到了那里，他会修几门课，偶尔坐在露天咖啡座，然后应该会开始围围巾，尝试蓄胡，还爱上当地某个牌子的香烟，而且在未来许多年都会怀念那气味，当然，他也会在宿舍里与不少法国女孩同床共枕。虽然只去五个月，对他而言却恍若隔世，当他再度踏上美国这块土地，会相信自己有了本质上的改变，只不过在大三结束以前，他又会剃掉胡子，穿上 A&F 的衣服，也不再与那些说过海誓山盟的女孩继续透过 Skype 聊天。

千篇一律，凯西心想。早在每个人扮演自己的角色之前，剧本就已经写好了。

她不知道自己为什么要到这里来，或者说，她也许知道，但不确定这么做是否正确。她母亲依旧认为她应该堕胎，而她自己在席佛中风以前也一直这么认为。然后，心里有什么地方改变了，该死的是她也说不出究竟是什么。与父亲短暂的相处，带来一种满足，却也深感挫折，而那种感觉很陌生。她知道席佛也觉得迷惘无助，所以并没有告诉她该怎么做才好，只说无论如何也支持女儿。但凯西越来越肯定，席佛不只对于自己怀孕这件事没有太坚定的立场，那种没有立场的立场，其实根本就是他的人格特征。明白了这件事情，对凯西而言是种启发，却也令她相当失望。她不再将双亲当作高高在上的存在，而是将他们看作人类，于是她与父亲的距离拉近了，同时也开始可怜他，而这种怜悯自然而然使她有种深沉的悲哀。凯西没办法分分秒秒记录自己的感受，也偶尔会怀疑这些思绪会不会只是荷尔蒙所造成的。

"嘿，凯西！"

她已经走到前门那里，一回头看见杰瑞米穿着牛仔裤与汗衫，与几个朋友坐在门口的阶梯上。她也打了声招呼，同时察觉那些男生的眼神正打量着自己——腿，合格。胸部，合格。脸，合格。臀部，还无法确认，但以目前所见应该不差。

杰瑞米走下阶梯，来到她身旁："真高兴你来了。"

"我说过会来啊。"

"是啦。"他回答，"可是你都讲得有点模糊。"

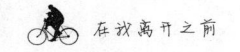

"我不觉得啊。"

"明明就有。"

他微笑着,凯西也回以微笑。杰瑞米的笑容在嘴角露出虎牙,凯西也不知道这有什么好看的,但她就是觉得很可爱。

"呃,你就要去巴黎了耶。"她说,"很兴奋吧?"

"对啊。"他说,"其实也一直想换换环境。"

"你都已经念两年大学了。"

他笑了笑:"是啊,该怎么说呢?大概就是定不下来。"他忽然正色道,"可以和你聊一下吗?"

"当然。"

他张望一阵,然后牵着凯西的手,两人穿过狂欢的人群、扭动肢体的一群傻子、高声笑着的女孩、不停击掌仿佛啤酒是他们发明似的一群男孩,还有无视旁人眼光就在椅子上亲热起来的几对情侣,以及站在旁边期待另一波派对高潮的观众们。虽然状况这么混乱,但杰瑞米牵着她,一心一意要穿越这纷扰混乱的模样,令凯西心儿怦怦跳,好像要被他拥在怀里一样。

厨房那边也是一团乱,他们踏过被踩烂的塑料杯盘,钻进后面的楼梯间,上楼进入杰瑞米的卧室。他关上门,然后开了桌灯。凯西已经很多年没有进来他的房间,看起来只觉得什么也没变,海军地毯与床铺、知名品牌 Pottery Barn 的书桌、NBA 两大球星布特与强森的海报,以及高中篮球校队得胜的锦旗。

他坐在床边,而凯西基于礼貌,只是稍微瞄过桌面,上头搁着很装模作样的大学平装书——什么布考斯基、科辛斯基之类的，然后是基本运动杂志、他的 Mac 电脑与一些多媒体设备、装饰用的水烟管，还有大学好友的照片，以及机票。

"嗯，"他开口，"你最近还好吗？"

"还好啊。"她靠在书桌边，面对着杰瑞米。

"你爸爸怎么样？"

"老实说，我还真的不确定。"

"其实，我总觉得怪怪的。好多年没有看到他了。"

"对啊。"

"印象中我阿姨结婚时，他有去当鼓手。他现在还做同样的工作吗？"

凯西眼珠子转了转："你想跟我谈什么呢？"

杰瑞米抬起头，忽然显得不知所措："我知道你最近有很多事要忙，妈妈要结婚、爸爸又……生病。我，我只是在想……我以为那天晚上过后，我们应该可以常见面？可是，结果你都没有回我讯息……"他好像意识到自己说了一长串，突然接不下去，"只是想确定你还 OK。"

凯西看着他，好像带了点轻视，却又受到吸引。她几乎可以肯定这是女性才有的情绪组合："你是想知道我 O 不 OK，还是想确定你 O 不 OK？"

杰瑞米点着头思考："我想都有吧。想确定我们都 OK。"

"因为我们发生过亲密关系？"

"嗯。"

她走过去，坐在杰瑞米旁边。这一刻终于来临了："我是经历了一些事情。"

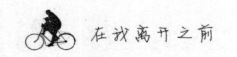

他牵起凯西的手:"愿意告诉我吗?"

凯西感觉他的手指和自己的交缠,稳固而强壮,然后心想孩子其实也有一半的血缘来自于他,他应该有权利一起参与决定。但在内心深处,凯西却知道事实并非如此,那个决策终究属于自己,她只不过希望有人可以代为判断,也可以猜想得到杰瑞米会说什么。如果让她现在把两人的对话像剧本一样先写出来,恐怕大半都不会猜错,甚至可以字对字地念诵。接着,她终于明白,原来这就是她之所以来这里的理由。她知道杰瑞米会说什么,所以她不如假装这是两个人一起做的决定。

"嘿,"他将凯西搂过去一点,"你在发抖。"

"我有件事要跟你说。"

"说呀。"

她抬头望去,瞧见杰瑞米那双大眼睛与诚恳的神情,这才意识到原来对方是真的喜欢自己。或许这件事终究不重要,无须挂怀,但至少在这当下,她的心是暖的,也真的感觉到身体微微晃动,几乎是颤抖起来。杰瑞米拨开散在她脸上的头发,她的手指沿着他手臂滑过去。

"凯西?"他有点担心。

"没事……"她回答,"你能不能吻我?"

这件事当然不需要她说第二遍,而当杰瑞米的身子靠过去的同时,她的手也钻到了他衣服底下,绕至那片好像无边无际又温暖的背上。吻从一次变成两次、三次,然后无穷无尽。凯西也褪下自己的上衣,还不小心太用力地将杰瑞米给推倒在床上。

她不再能肯定自己来到这里的动机是什么,只知道现在躺在他怀中,恐怕再也没办法说出那句话。

34

席佛小心翼翼地为狄妮丝褪去衣服,好像一不小心她就会碎裂似的。这一切都是如此的不真实,再次感受她的体温,尝着她肌肤的味道,席佛终于明白这些感官记忆一直都锁在自己体内,从没消失过。

他看着狄妮丝的手为自己解开皮带扣,突然意识到自从上次两人裸体相见后,这些年来他的体态改变了多少。胖了二十磅,靠着打鼓勉强得来的一点肌肉也早已被多出来的脂肪给掩盖,只剩下微乎其微的线条。

她牵着席佛走向他那张凌乱的床上,而席佛也立刻意识到自己的房间里的家具明显太少,床边小桌和周围地板上杂物四散,至于床单多久没有换洗了,他也不知道,只希望不会有臭味。

两人慢慢地躺了上去,他忽然间考虑到一个可能性:这一切会不会只是中风后大脑所产生的幻觉,等他醒过来会发现自己全身瘫痪了,甚或是根本不会醒过来。

"怎么了吗?"狄妮丝喘息沉重,吐出的气灌入他口里。

"没事啊。"他回答。

"你的心……"

"碎了。"

"但还在跳吧。"

"嗯。"

她又是一阵热吻，他的手则在她背后的曲线上游走。

他真希望这一瞬间可以持续到永远，因为他已经知道结束之后会发生什么事。他知道自己留不住狄妮丝。可是，这次他怀疑自己会不会错了，因为之前他在类似的事情上已经不知道错了多少次。这会是两人关系的根本转变，抑或是真正的诀别？他很讶异他们居然毫无争执，甚或是讨论，就来到了他的床上，然而，这时候他又无比渴望知道狄妮丝心里究竟在想什么，还有自己又到底在想什么。

他滚到一旁，闭上眼睛，因为房间里像是闪电一样忽明忽暗。席佛感觉得到狄妮丝的手搭在他胸前，画着圈圈，而且她开口说了什么，却因为他耳鸣非常严重而听不见。

他瞪着天花板上的螺旋图案，想起了儿时见过的上帝，思忖着他的安排代表了什么。一股清明的感受流窜全身，他出现了一个念头，或许该称之为一个天启。他忽然间看见了答案。虽然不是问题的解答，却是贯穿一切的真相，他知道必须告诉狄妮丝。只是一开口想说话，耳鸣就变得更加巨大，连那个意念也在转瞬间破碎消失。他听见声音，非常遥远，在意识消失于沉睡前的一刻，他发现那是自己的鼾声。

35

狄妮丝躺在床上，听着一旁席佛的鼾声，内心有种罪恶感，而这主要源自于她其实并不真的有罪恶感……她思索着这是否为一体两面，也思索着究竟何时意识到会走向这一步，也许是他出现在婚纱店的时候，也许是他回父母家吃饭那天正好梳洗干净，看起来忽然变年轻了；但狄妮丝也觉得很有可能是上星期席佛发疯似的冲进自己房里的时候，那时他眼睛像是冒着火焰，下定决心要抢回她与凯西。回想起来，狄妮丝必须承认这么多年来，她始终都在等待着他展现出这份气魄。

无论究竟怎么回事，狄妮丝可以肯定的是，这是预谋犯罪，不过策划者并非席佛，因为席佛这个人根本不会事先计划，他总是行动以后才会开始动脑筋。这也是他们两人之间最大的差异，狄妮丝总是事先考虑周详，未雨绸缪，而席佛有时候直到事后才回过神来，甚至惊诧于之前发生的事情。

但如今他人却躺在这儿了，身旁这男人以所有能想象得到的方式辜负了她，占据了她最青春宝贵的那几年光阴。然而，现在他心里除了一份脆弱，竟还有……失落？真是没有道理。然而，倘若狄妮丝对于爱情这档事尚有一丝理智可言，那她自然明白爱情从来就不讲道理。席佛是她第一个爱上的男人，也因此，即便经历那么多愤怒、怨念，当他冲进自己房里时，她那颗心还是因此起伏不定。她知道那种情感不健康、不公平、不正确，但也不由自主。

　　她翻过身子看着席佛的睡容，那张脸在熟睡以后少了些什么，变得有点陌生，就好像一个字反复地念啊念，最后音节涣散了，成了没有意义的声响。我做了什么？她问着自己，并责备自己怎么会如此荒唐。狄妮丝靠过去，用食指压着席佛的肩膀，看着他的肌肤在指尖周围凹陷。接着她又打量着这狭小阴沉的卧室，墙壁的油漆龟裂了，地毯是普通至极、如大便一般的棕色，夹板做成的柜子连抽屉把手都没有对整齐，衣服堆放得到处都是，手机充电器孤零零地插在墙壁插座上。虽然才刚做过爱，但压不住这房间里弥漫的一股失意男人气味。狄妮丝心头一震，这简陋的环境就是铁证，证明他们婚姻失败其实是席佛的问题。虽然她为席佛感到遗憾，惋惜他这些年来过着如此空洞贫乏的生活，却也同时哀怜自己怎会身在此处。

　　你在这里做什么？她问自己。你真的还爱他吗？她觉得自己确实还爱着席佛，可也知道这份爱早就扭曲、损坏得无法修复。即便一个人恨着对方，也不代表会停止继续爱他们，反之亦然，即便爱着对方，怨恨也未必因而消失。只不过，自从得知席佛的病情开始，他渐渐又变回像初识时的那个男人，变回在她哀怨梦境中的模样、伸出手抓住她的触感、在婚纱店说她真美的语气,加上那望着凯西的神情,一切的一切都回到了当年的他。尽管狄妮丝知道,这都是显微镜下才能看见的血栓造成的中风之后,才有了这些改变,却情不自禁地再度受到吸引。

她想象着席佛的主动脉随时都有可能破裂。或许他很快就会死,也或许他忽然愿意接受手术,重生以后,继续过着自暴自弃、自甘堕落的生活,就如同之前这八年一样。无论如何,今天晚上这番疯狂都不会开出另一朵花。她是如此肯定,就像她也肯定无论席佛是生是死,她都必然再度哀伤一回。

狄妮丝沉思得太过专注,等她注意到的时候,席佛的眼睛已经睁开好一会儿了。他一直凝视着她。

"嘿……"席佛的语气像是尚未醒来。

"嘿。"

"你还在。"

狄妮丝笑了。这男人还真的是不将任何事情视为理所当然呢:"看样子是啊。"

他们互望了一阵。

"你在想什么?"狄妮丝问。

"我在想,这比我记忆中的感觉还要美好。"他说,"然后我还想再来一次。"

她继续笑着:"一次叫做错误,两次就是蓄意犯罪了。何况,我想我已经过了可以买一送一的年纪了。"

"你爱李奇吧。"他问。

狄妮丝听了神情一变:"为什么这时候提到他。"

席佛耸耸肩。他并没有恶意:"我们发生了关系,你应该会想到他才对。"

她几乎忘记席佛现在直白得令人害怕。

"其实没有，我在想的是你。你真的想死？"

他叹口气，别过头："我实在不想谈这件事情。"

"没这么好的事。你得一并接受枕边谈心。"

他笑了笑，那表情很可爱，狄妮丝差点就又钻进他怀里。

"席佛。"

"嗯。"

"你现在又跟凯西走得近了。她需要你这个爸爸，不要随便离开。"

"我明白。"

"而且，直到现在我都不知道是谁让她怀孕，她也不肯说。我想这可能表示她并不是认真想要——"

"杰瑞米。"他说。

狄妮丝听了一愣，沉默半晌后问："你说什么？"

"杰瑞米·勒伍德。他们两个上过床。"

狄妮丝仿佛一口气卡在喉咙，然后怒火在身体里乱窜："是她说的吗？"

"我们去达格玛吃东西，正好碰上那孩子，我大概猜得到。他小时候喜欢变魔术，你记得吗？他会披着披风，然后——"

"席佛！"狄妮丝大吼，"你专心一点好不好。你真的确定吗？有向凯西求证过吗？"

"有啊。"席佛回答，"她说感觉还不错。"

"你一直都知道是不是。"

"也才知道不久啦。"

"然后你都不觉得我们该好好谈谈吗?"

席佛想了想,耸耸肩:"我们现在没什么机会谈话。"

狄妮丝跳下床,捞起自己的衣物:"你真的是不可理喻!"

"你生什么气啊?"

"我不是生气,我只是心烦。我女儿怀孕了啊。"

"你不知道对象是杰瑞米的时候,她就怀孕了。"

"那个小王八蛋。"

"你先别这么气,狄妮丝。"

"你先穿上衣服。"

"穿衣服干吗?"其实他当然知道要干吗。

36

　　四个人在门厅碰上了。席佛与狄妮丝从正门进去，凯西与杰瑞米正好刚从卧室出来，下了楼梯。他们视线交会，都是一阵压抑迟疑，还掺杂了莫名的罪恶感。

　　看见父母又在一块儿，凯西回想起过去这几年来，自己一直梦想着他们可以再婚。那时候她常躺在床上，妄想着一些可以让他们破镜重圆的夸张情节，通常关键会是她这个女儿出了什么差错，像是癌症、车祸、失忆之类，甚至有一次她真的计划了假绑票案，连报纸剪字拼贴的勒索信都准备好了。也或许正因为这些孩提时的极端想象，现在真的看见父母站在一块儿，她内心反而悬着一股恐惧。

　　"爸，你在这儿干吗？"凯西努力装作自己没有在十分钟之前与身旁的男孩上过床。

　　"你妈硬要我来。"

　　"嗨，席佛先生。"杰瑞米开口："嗨，狄妮丝。"

　　在瞧见母亲望向杰瑞米的眼神那一瞬间，凯西便明白发生了什么事。无论妈妈打算说什么，原本的平衡都会被打乱。

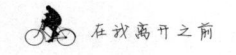

她心里有一部分期待着,却又很不希望事情这样演变。

"妈——"她开口。

在一切都还来不及发生之前,薇勒瑞·勒伍德从后门进来,李奇尾随其后。

"狄妮丝!"薇勒瑞发出高分贝的大喊,几乎盖过四面八方的喇叭传来的电台司令乐团的音乐声,"你赶上了。"她总是穿得过于年轻,今晚也是一身紧身裤搭无袖上衣,手里还摇晃着酒杯,里头是喝了一半的伏特加——从她轻浮的态度透露出酒杯已经斟满了很多次才对。她先吻了狄妮丝的脸颊,完全没察觉这位邻居脸上的愠怒。李奇也跟着上前,打量了下席佛。"嘿,席佛,"他开口,"真意外。"

"没什么。"席佛回答。

凯西瞪着席佛,眼神像是哀求他想想办法,可惜他从来就不是想得出办法的人。

"发生什么事了吗?"杰瑞米察觉得到气氛很僵硬。

"发生什么事?"狄妮丝狠狠地瞪他一眼,"你跟我装傻?"

"狄妮丝!"薇勒瑞下意识地挡在儿子身前,"你怎么啦?到底怎么一回事?"

"妈!"凯西大叫,"够了!"

"不够!"狄妮丝吼了回去,"差得远了。"

"他们根本就不知道!"

狄妮丝听了又是一愣,闭上嘴巴好一会儿。旁边开始有些人围过来,大家都感觉得到这里有一场好戏即将上演。

One Last Thing Before I Go

"我们不知道什么？"杰瑞米问。

李奇靠近狄妮丝："亲爱的，怎么回事？"

"是啊，"薇勒瑞也有点恼了，"究竟怎么一回事？"

接下来，凯西大惊失色，因为她母亲居然哭了，就在勒伍德家的门庭这儿哭了起来。换言之，她想干净利落地抽身而退的希望已经落空。她转头望向杰瑞米，男孩一脸苍白，表情茫然，凯西不免对他充满同情，因为她知道很快这世界就要翻过来了。

狄妮丝忽然觉得头晕目眩，舌尖好像还尝得到席佛的味道，鼻子里也还有他房间那种悲哀的浅浅霉味——不知道他多久没有更换寝具，也不知道那片棕色地毯上面是不是已经有了一个独立的生态系。重点是，这一切的一切看在她眼里实在太荒诞不经、太不真实了。他们刚刚真的上床了吗？在音乐的笼罩下，狄妮丝有点错乱，自己难道与身旁那群进进出出的孩子们同年纪？她又望向站在席佛身边的李奇，忽然怀疑起莫非他可以从席佛身上闻到属于她的味道。这客厅好像旋转起来，旁边走廊上有盏灯随着节奏忽明忽暗，而她就在这片朦胧中意识到来这儿真是大错特错。狄妮丝真希望现在已经是早上了，她想一个人躺在床上，看着阴霾在阳光爬上枕头、被子的同时渐渐散去。假如她能撑到早上，就可以理出头绪，知道怎样回归正轨。可现在呢？现在她只希望还有机会可以优雅地离开这片尴尬、离开邻居家，不要在这里崩溃、呕吐，不要再与李奇、席佛还有杰瑞米的目光交会了。

"抱歉。"她一边流泪一边说，但道歉的对象究竟是谁，

185

她自己也不清楚。狄妮丝意识到大家都望着自己,也因此觉得特别脆弱、特别恐慌,好希望有个人可以领着自己离开,不管是李奇还是席佛都好。然而没有人上前。即便生命中有两个男人,在这种时候居然谁也不出面,那到底还有何意义呢?

"狄妮丝!"结果是薇勒瑞上前扶着她,"你还好吧?"

狄妮丝摇摇头,连说话都有困难。李奇这才过去拉着她手肘稳住:"怎么了,亲爱的?"

"快带她走吧。"凯西一脸无奈。

"我不明白这到底是怎么回事……"李奇的声音听起来除了迷惘之外,狄妮丝觉得他也感到害怕。于是剧烈的罪恶感像把刀子戳着她的心。一直以来,李奇对她都是那么好,忠实而温柔,那份爱始终未曾动摇,但她最近的态度一定让他的心绞成一团吧。她将李奇拉过去,靠着他啜泣。

"对不起……"她说。

"为什么对不起?"

"所有的事情。"

他意味深长地看着狄妮丝,仿佛想要看穿她。狄妮丝抬起头,不免担心他到底怎么想、知道了些什么,又愿意原谅哪些部分。

"带我回家好吗?"

可惜没有这么顺利。

席佛看着女儿和杰瑞米站在楼梯口,从凯西的姿势与杰瑞米闪烁的眼神,他可以肯定两个人才刚做过爱。原因他也说不上来。到现在他还在脑海中不断重温前一个钟头发生的事，他们什么也没说，就自然地躺在一块儿了，好像两人之间曾有过的高墙一转眼全部崩塌，甚至未曾存在过。然而，有一部分的他其实很清楚，是应该要放下了，因为那非常有可能是两人最后一次的结合。只是，他心里不免会期望着更进一步，毕竟他本来就是一个宁愿冒险也要盲目乐观的人。这点他自己也知道，他还知道就是这种性格导致了这十年来生命如此混沌，可却无法关掉内心的那个声音，反复诉说着世界上每件事情的发生都有其道理。即便是不会动的时钟，每一天也会命中两次，就好比凯西不可思议地怀孕了，反而引领他回到狄妮丝的生活中，而狄妮丝打算嫁给李奇，也在因果循环的最后反而使自己有了机会。

　　他情不自禁。即使眼前的狄妮丝正靠着李奇的肩膀抽泣，他还是觉得自己爱她就如同一个男人爱女人一样。问题在于狄妮丝不是别的女人，她是他女儿的母亲。而他与狄妮丝走过以前的住处，接着回他家上了床，仿佛他们都还是彼此的归属……这也许是命运、是天意、是他童年在天花板沙漩壁纸上看见的上帝，导正了过去的错误，将他们又重新牵引在一块儿。总之，今晚与狄妮丝同床共眠，然后与她一起来这儿找凯西，感觉好像是冥冥中早已注定，说不定这个家又要团聚在一起。他了解到原来这就是自己先前一直想对狄妮丝说出口的；当他赤裸地与她躺在一起、肌肤接触，仿佛在大海漂流好几年以后总算回到了家。他想着要告诉她这一切：能够再次与她接吻、与她拥抱，唤醒了自己体内的一些什么。那是当初他放下狄妮丝与凯西时所欠缺的，再给他一次机会，现在的他已经知道要珍惜，已经看过太多的伤害与苦痛，已经度过太多寂寞失落的岁月。这一次他想要好好抓紧狄妮丝与凯西，再也不放手。

他望向狄妮丝，正要说出口，却看见了她的表情，也看见了李奇的神色，再来又看到凯西的反应，以及旁边所有人的面孔。大家目瞪口呆，而他意会过来，他又什么都说出口了。

狄妮丝满面惊恐地望着席佛，又望向李奇。李奇缓缓地从她身旁退开，好像她长出了獠牙似的。她脖子上冒出冷汗，胃开始搅动，脚底下的地面仿佛裂开一圈大裂缝，将所有人彻底隔绝。只有她自己一个人了，就如同当年席佛离开时一样。她究竟在想什么呢？居然就这么与他上床了。这是同情，还是想要画下句点？反正只要牵涉到席佛，无论哪一种理由都是穷极无聊。

"李奇……"她除了呼唤名字以外，也不知道还可以说什么，只有语调透露出忏悔。但李奇回望的眼神里充满了狄妮丝未曾见过的伤痛，她觉得自己好像灵魂出窍，从肩膀上冷眼旁观以自己的人生为主题的一场马戏团表演。李奇走到门口，回头对她微乎其微地点了点头，尽管急着逃离现场，却还是在意着她。在这混乱的当下，狄妮丝却挖掘出关于自己的一个痛苦真相：总是在一个男人离开的时候，她的爱才会达到巅峰。席佛离开那时候如此，现在也如此。或许隔天早上她就会忘记这个领悟，但此时此刻她看清楚了，却心如针扎，那是她人格上的瑕疵，永远都摆脱不了的阴影。

她知道自己该追出去，哭着求李奇回头，这样他才可以大声骂她，说出那些在她心上刻下伤痕的话，然后她得哭倒在地，望着李奇的车子扬长而去，消失在黑暗的街道。尽管她并没有真的经历过，也知道剧情就是这么写的，只不过现在狄妮丝连只是存在都得用尽最后的力气，似乎连用力吸一口气，身体便会如历经千年的化石般风化。

幸好薇勒瑞过去扶了她一把。狄妮丝心想自己刚才可能快倒下去了，但根本没有察觉。

"狄妮丝……"薇勒瑞说。

"抱歉变成这样。"她回答。

"那你是不是可以告诉我，这到底和杰瑞米有什么关系呢？"

狄妮丝望着这位邻居，她脸上皱纹逐渐冲破肉毒杆菌的束缚，在额头重新浮现，鱼尾纹挤得过重的眼影与粉底一片片裂开，忍不住也为对方感到悲哀，心想反正每个人都完蛋了，最后大家都一样。

所以，她就说了。

这个晚上的开头很美好呢，席佛心想。才不过两个小时之前，就在他爸妈家温暖的光线下，他坐在凯西与狄妮丝中间用餐，仿佛回到了童年，生活安稳，充满了爱和希望。然而，也一如多年前自己所做的，席佛眼睁睁看着幸福顷刻毁去。李奇在他眼前冲出大门，凯西濒临崩溃，狄妮丝白着脸倒在薇勒瑞身上。至于薇勒瑞的表情，仿佛想用她那鲜亮的长指甲往某个人身上戳下去，不然她无法明白究竟发生什么事，以及更重要的是，她到底可以怪罪在谁身上。席佛想要溜之大吉,他希望能抢先一步,不必看凯西接下来的表情,不要再承受狄妮丝严重的控诉与懊悔,悄悄地逃离这个国家。不管什么东西让他碰到了都会变成屎,他这么想着,并非顾影自怜,而是有充分的科学统计作证。

但他还是转头看了凯西。凯西放开了杰瑞米的手,走下了最后两级阶梯。虽然笼罩在杰瑞米的影子下,可刚才没看见的眼泪,现在却看得清楚了。

"爸,你搞什么呀?"她的声音很小很小,只有他可以听得见。语气里没有愤怒,只有痛苦与迷惑,听起来像是小女孩。

"不会有事的。"他对女儿说。

她摇头苦笑,一眨眼就不再像是小女孩,变回他所熟悉的那种成年女子。成年女子总会摇着头,不敢相信世界上居然有这样一个白痴,也不敢相信自己居然曾经以为他不是个白痴。

"凯西……"

她再次摇头,斜着眼睛瞪了席佛一眼,那目光几乎将他的心给扯碎了。"我没有想过人生还能更糟糕。"她说,"早知道就不该和你碰面。"

席佛没办法看着女儿,没办法承受此时此刻画在她脸上,使她年长了也憎恶了的那股恨,更没办法面对自己是罪魁祸首的事实。"对不起。"他只能这么说。

可是凯西已经听不进去了。她转身朝门口走去,在跨出门之前回头。"既然你要死,"她忍着泪水,"怎么不干脆早一点呢。"说完之后,她便离开了,留下席佛五脏六腑像被乱刀刮过,潜意识里冒出"自杀"两个字。

37

"喂,席佛,你在搞什么?"

席佛还没有睁开眼睛,但已经开始思忖究竟有多常听见这句话。搞什么?这三个字在他成年后的生活中似乎挥之不去,可以刻成墓志铭,贴切地浓缩了他一生精髓,也就是说,从大多数的角度来看,他的人生一点意义也没有。

德鲁·席佛
1969——2014
搞什么?

差不多就是这样了。

"差不多就是哪样啊?你到底在穷咕哝些什么?"

他睁开眼睛,看见杰克与奥利弗穿着浴袍站在他面前,挡住了太阳。

"没事。"他说。

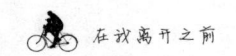

"你全身都湿了。"奥利弗告诉他。"你该不会就这副德行在这儿过夜吧?"

席佛也感觉到身上的衣服湿答答地贴在皮肤上,忽地打了个哆嗦。他依稀记得自己昨天深夜站在泳池旁边,脑袋里装满黑暗孤寂的思绪,至于他是不是真的跳进去或是爬出来则一点印象也没有,但显然他两个动作都做过。

他在椅子上发抖。现在他已经完全清醒,觉得自己快要冻死了。

"你到底怎么回事?"杰克语气中带着忧心。

"就很糟糕的一晚。"席佛回答时,上下排牙齿一直相撞。

"先帮他把衣服换下来。"奥利弗说完,身子一倾,开始解开席佛的衬衫扣子。

"啊?就在这儿?"杰克问。

"抓着他的腰带。"奥利弗说。

席佛低着头,看着两个大男人帮他宽衣解带,也注意到自己穿的还是去父母家吃晚餐时的深色衣裤,但只有一只脚穿着鞋子。他开始回想,记得自己穿上奥利弗现在正要褪下的那件衬衫,也记得在镜子前端详过自己打扮得如何。才不过是十二个小时以前的事,在脑海里却像是过了好几年。十二个小时就可以出非常多的差错。

"带他到热水池去。"奥利弗又吩咐道。

杰克与奥利弗扶着席佛从椅子上起身,只穿着内裤走到热水池旁边。他身子不由自主猛烈颤抖着,连靠自己的力气站着都很困难。水很热,刚下池子时,他觉得自己像是要烧起来,但一会儿后就习惯了,感觉温度重新回到所有的肌肉骨骼中,身体也随之放松。杰克与奥利弗也脱下衣服,坐在他两侧。

"噜啦啦噜啦啦……三个男人泡一缸。"杰克乱唱着。

席佛苦笑。

"好一点了吧?"奥利弗问。

"好多了。"

"那里有东西!"杰克惊恐地大叫,伸手从冒着泡的水面下抓起席佛的鞋子,"你的?"

"嗯。"

杰克将鞋子往身后的池畔一扔:"你又怎么啦?"

席佛摇摇头。就连要回想昨天晚上发生的一切,都让他觉得太疲惫了。他希望就这么坐在池子里,融化在热水中,让自己彻底消失。闭上眼睛,他看见赤裸的狄妮丝对自己露出充满渴望的眼神。像这种美丽的画面为什么可以转瞬出现又转眼即逝?坏事怎么就不会也乖乖不见呢?搞……什……么?

"糟糕。"杰克忽然开口。

"怎么了?"

他伸手一比:"浑蛋库柏一家来了。"

浑蛋库柏一家包括科妮、尚恩这对夫妻,以及他们该死的孩子泰勒。经由他们从未向外人解释清楚的一连串事件,浑蛋库柏一家人竟认定凡尔赛宫这栋大楼就是他们开始小家庭生活的最好地点。以美国中西部的标准而言,科妮算是漂亮了,一头金发加上活泼气质,脸上总露出轻松的微笑。而尚恩呢,头发茂密、体格健壮。至于泰勒,嗯,看起来就像是泰勒。科妮太奇怪了,完全不属于这个地方,简直像是什么惊奇怪物秀。这种看来简单不费力的爱情,已经踩到令人不爽的界线。所以,他们是浑蛋库柏一家。

科妮牵着泰勒下水,小男孩开心地到处乱泼,然后尚恩也褪去衬衫,露出令人称羡的六块腹肌,拿起 iPhone 帮母子录影。

"早安啊,三位。"他经过热水池旁边,顺道打了招呼。

"早安。"奥利弗回应。

"去你的。"杰克说得小声,而且语气其实也不算太差。毕竟要真心讨厌库柏一家也有点困难,但正因为如此,所以更显得他们惹人厌。这家人一出现,就像是在揭开凡尔赛宫里每个男人的旧疮疤。

"总有一天……"杰克说,"总有一天她会和一个健身教练还是快递送货员好上,再不然就是他出差的时候找女人,或者是对她的密友下手,说不定会勾搭上她的妹妹。搞不好他会打老婆,搞不好他会把积蓄全部赌光,搞不好他会酗酒。也许那个小鬼会变成把小猫抓去浴缸里溺死的变态……"

席佛没听见杰克说了些什么,只注意着尚恩爬进游泳池里,科妮对丈夫露出微笑,依偎在他怀中,两人一起看儿子游泳。他忽然记起来了,清楚得令人痛心,原来年轻、恋爱是这样的,原来生命应该要那样过的。然后他也知道,自己本来会像杰克一样恨他们恨得牙痒痒,只不过他此刻真的太累太累了。

等他回到自己的公寓时,已经接近傍晚了。先前他在阳光下睡着了,现在额头上隐隐有种发烧般的感觉,大概是烫伤初期的症状吧。席佛走进厨房,却看见狄妮丝坐在餐桌旁,她穿着牛仔裤与黑色T恤,样子年轻了十岁,正拿着一罐健怡可乐,喝的时候还一副若有所思的模样。狄妮丝只来过两次,而且第一次就在昨天晚上。看见她在这儿,席佛变得很不安,昨晚是因为黑暗、是因为两个人都脱光了,所以他才没有自惭形秽的感觉,如今太阳可正大,两人也都衣着整齐。或许他以前有误解讯息的毛病,但此时此地他可很清楚,绝对不会有人想脱衣服了。

他知道自己已经失去了狄妮丝。应该说昨天晚上就知道了。李奇走出去时,她脸上的表情说明了一切。无论昨夜是怎样的一股疯狂傻劲导致她与自己上床,反正不会是爱,至少不是有实际意义的爱。想到狄妮丝与凯西,席佛内心充满悲伤、充满挫折,他觉得好不公平,一个人怎能失去同样的东西一遍、又一遍、再一遍呢。

狄妮丝望向他,神情也是疲倦,眼睛泛红,还有些肿:"你没锁门。"

"钥匙不见了。"

狄妮丝点点头:"我想也是,而且她昨天大概也没在这儿过夜。"

其实席佛并不知道,于是左右张望,耸耸肩:"我猜是吧。"

"她也没有回家。"

"是不是在勒伍德那儿?"

"没有。薇勒瑞什么也听不进去,还自己下了结论,说她儿子是无辜的受害者。"

"她还在气头上吧。"

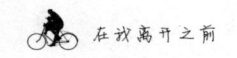

"是啊、是啊，你不如也加入吧。"

狄妮丝往椅背上一靠，眼睛扫过厨房四周，看见了薄木板做的烂柜子、像工厂用的花岗石台面、品质低劣的厨具，水槽里还堆满没洗的碗盘。"我的感觉跟你差不多。"她这么说。

"这什么意思？"

她犹豫了一会儿："昨天晚上，我坐在家里。李奇跑了、凯西也跑了，只有我坐在客厅沙发上，满心期盼着他们会回来，即使明知道那是不可能的事。我觉得很孤单、很害怕，接着我想到你，忽然明白你大概每天都这么觉得吧。"她望向席佛，视线在他脸上游移。

席佛不清楚她究竟想要说什么。每次面对心情沮丧的女人，他总是毫无头绪。他觉得对方在等待自己说些什么，假如他想得出来，就可以缓和她们心中那块空白。可是，他从没有找到自己该说的台词，因而始终相信只要有人能将这么重要的知识传授给他，他整个人生必定豁然开朗。

"你是这种感受吗？"狄妮丝问。

"有时候。"

"那其他时候呢？"

他想了想："我猜，其他时候我会觉得自己已经消失了，好像死了那样。"

狄妮丝又思考了一会儿，眨了眨眼，出乎意料地好像有泪光。"抱歉，席佛，"她忽然说，"你一直都很孤单吧。"

"不是你的错啊。"

听见席佛这么说，狄妮丝笑了笑："呵，这我知道，相信我。"

她看起来是如此的美,令他心头一震。他的人生本来有可能是另一种版本,可以与她一起度过;而狄妮丝有时候的神情,尽管是一瞬间,也在他眼中映现出那个还爱自己的女人。

"我想我知道他们在哪里。"她忽然说。

"凯西吗?"

"还有李奇。"

"你觉得他们两个在一起?"

"嗯,在湖边别墅吧。"

"什么湖边别墅?"

"李奇有一栋湖边别墅,就在埃塞克斯那儿。凯西还蛮喜欢的,我猜他们都会往那儿跑。"

"你也要过去吗?"

"不是我,"她将可乐一口气灌进嘴里,然后跳起来,"是我们。"

38

　　这栋湖边别墅乍看像是将石头与木头随意排列堆积后的产物，往好的方向想，这叫做后现代主义，因为看不出任何传统建筑规则。不过，这里有非常大的外推天窗，还有一个木头打造的露台面对着克尔尼湖，缓和了外观上的诡异设计。房子空间宽敞、明亮，环境整理得很干净，采光设计极佳，日光可以直射进来。别墅外有个延伸到湖面的小码头，漆成与房子外墙同样的颜色，看起来就像是别墅底下有一根折断的手指。沿着码头走到底，可以看到李奇的小船绑在那儿，船上还加装了小型马达。

　　凯西喜欢这里的宁静。早上走在露台上，感受清风拂面，还可以沐浴在阳光里。这里远离了都市喧嚣，在树木的包围下，看着闪烁的湖水，她就觉得心情平缓下来，也充满了希望。只要世界上还有这种纯净不受破坏的地方，就能让人相信回头还不算太晚。

　　她坐在露台上，这里有张秋千椅，是李奇刚开始与狄妮丝约会，特别为凯西在这儿搭的。他很喜欢凯西过来，而凯西当初就心想：一个人在这样房子里，反而感觉有些悲伤吧。李奇在遇到她们母女之前，一定很寂寞。

她可以听得见李奇在屋里做事的声音，他拿出杯子、小匙，操作机器磨咖啡豆，希望从这些日常琐事中得到一份平静。凯西是在好不容易摆脱杰瑞米后，自己开车过来的。得知真相以后，杰瑞米非常震惊，却只是反复地问她："你打算怎么办？"与前半个小时的"你为什么不告诉我"相比，进步幅度非常有限。他还真以为如果她上星期就告诉他的话，就会有什么分别吗？

"你要去欧洲了。"她告诉杰瑞米。

"我怎么可以去呢。"说是这么说，但谁也看出他还是想去。

"你可以去啊。"凯西又说，"我会通知你结果。"

杰瑞米牵起她的手："我们要一起面对。"凯西用了全部意志力才忍着没有将他踹倒，大叫着跑开。他们才不是一起面对。杰瑞米要去欧洲了，就算他不去又能如何，凯西可是很清楚，他和自己一样根本还没长大，加上两人之间没什么感情根基。或许杰瑞米说得很对，但只是对没有用。这世界上，每个人都必须自己面对一切，她是如此，席佛是如此，她妈妈是如此，连李奇也是如此。每个人的人生都注定一团糟，每个人都只能自己去收拾。虽然凯西并不希望人生如此残酷，但却很有把握事实就是如此。

李奇端着两个杯子来到外面的露台，一杯递给凯西，而她因为这份体贴相当感动。原本凯西以为李奇不会再理自己，毕竟都是因为她这个女儿，席佛才又介入他们三个人的生活。

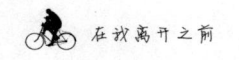

假如不是因为她,狄妮丝与席佛昨天晚上根本不会碰在一块儿,每个人也不会惹得一身腥。

昨夜她开车过来的时候,根本没想到李奇也会到这儿来。本以为他会和狄妮丝在家里大吵一架,而她过来这儿也是想避开那种场面。进屋后,凯西一躺下就睡着了,醒来后都已经过了中午,听到李奇在煎蛋的声音。她冲洗了一下,下楼以后,发现居然有一盘是留给她的,还用加热灯保温,只是不知道李奇人去哪儿了。直到现在,他才又出现。

"对不起。"她说。

李奇点点头,淡淡地笑了笑,随即别过脸:"不是你的错。"

"事实上就是我的错。"

"我们就先别谈这件事了吧。"

他端起杯子,嗅闻着咖啡的香气。

"接下来会怎么样呢?"她问。

"我也不知道。"

"不要恨她好吗?"

李奇望着湖面好一会儿,身子完全没有动。终于,当他回过头时是这么说的:"宝贝,我正在努力。"

39

狄妮丝开着她的宝马,席佛闻得到高档皮椅的气味,下半身感受得到车体平稳。李奇把汽车当作礼物的大手笔该是和欧普拉①学的吧,至于是贿赂还是安慰奖,就看从什么角度去想了。

席佛坐在副驾驶座,在引擎嗡嗡声与车外快速流动的景色带领下出了神。他一直喜欢兜风,看着地下的柏油路前方地平线的无边天际,总能让他的心情平和下来。他很清楚那个很有名的比喻:人不能逃避问题,却可以让自己与问题之间多一点距离。他闭上右眼,发现左眼好像恢复正常了。

"我看得见了呢。"他说。

狄妮丝没有回话。上车之后,她就一句话也没有说过,只是直挺挺地坐在驾驶座,两只手搭在方向盘的下方。这习惯从他们还在一起的时候就有了。她表情很僵硬,嘴唇微微地动着,预演着要怎么对李奇解释。席佛看了很难过。

"看你这样,我好难过。"他说出来了。

---

① 欧普拉曾在节目中送给现场所有观众一人一辆新款金龟车。

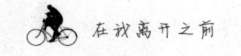

"我自己也觉得很难过。"

她的语调并不是生气,但也相距不远,介于冷漠疏离与纯粹厌恶之间。席佛想起昨天晚上凯西离开的眼神,他不知道自己可不可以再承受一次。

"所以,"他问,"你的计划是?"

"我的计划,"狄妮丝回答,"就是去拜托人家原谅我,希望人家做得到我没办法做到的那种宽恕。我赌的是李奇的个性比我好,当然,也比你好得多。也许……只是也许,他还愿意和我结婚,或者至少不会与我分手。他和我谈的时候,你去和我们女儿好好说一说,尽量发挥你那套让每个该恨你的人都还会给你留个余地的本事,看看能不能让她振作一点。"

"这是要我怎么做啊?"

狄妮丝耸耸肩:"没把握的话,你就跪下来求她吧。"

从路边休息站的食物区出来的时候,席佛手上拿着两个冰淇淋甜筒,他递了一个给狄妮丝。狄妮丝才刚加完油,不解地瞥他一眼,可是席佛知道,当别人递冰淇淋的时候,就像对方要握手一样,大部分的人都没办法拒绝。狄妮丝也一样,她舔了一下冰淇淋,露出几乎看不到的笑意。

"我都忘记你特别喜欢休息站了。"她说。

每次一到休息站,席佛就会异常开心,他自己也说不上来为什么。可能是因为在这种地方,每个人都有各自的目的地,在流浪过程中齐聚于此,萍水相逢。

"还有甜筒。"她继续说,"你到底为什么那么喜欢吃甜筒?"

席佛舔舔冰淇淋，思考了一下，然后说："应该没有人在丧礼或火灾发生的时候吃甜筒，红十字会也不会空投甜筒去第三世界国家吧。换句话说，可以吃甜筒，就很难让人相信事情已经无法挽救、没有希望。"

狄妮丝边想边吃："所以还有希望是吗？"

"我想应该还有吧。"

她点点头，接着两人站在那儿片刻，静静地舔着冰淇淋。星期六的道路上，车辆不多，每一辆都像是飞弹一样快速地从身旁掠过。

狄妮丝又看着他半响，然后深深叹息："席佛……"这一次她的声音里带着悲伤，那是他再熟悉不过的情绪，代表回不去了，也弥补不了了。无论往后怎么过，那份遗憾都将如影随形。

他别过头。"我懂，"他说，"相信我，我真的懂。"

车子下了交流道，经过一些小商场、汽车经销与百货公司，然后开进了林间小路。阳光从树叶缝隙间射落，忽明忽灭，像是快要熄灭的烛火，却又亮得刺眼。席佛忘记戴墨镜出门，只好闭上眼睛，先前晒伤的地方似乎又刺痛起来，令他有些疲惫。忽然间，汽车、狄妮丝都好像飘远了，席佛感觉得到气息在气管里上下浮动，也能意识到心脏还静静地、顽强地收缩与舒张。想象自己的心脏忽然停止并不容易，不过，换个角度来看，他的心脏没在几年前就自我放弃，也很不可思议。

"我不能再这样活下去了。"他说。

他听得见狄妮丝正在咀嚼这句话。"哪样呢？"她问。

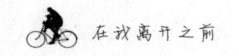

"以为能够展开一段新的人生，然后只要这么坚持下去就可以了。"

狄妮丝回头看着他："那什么地方改变了？"

席佛摇摇头，他自己也还没摸透："我不知道。我想我开始失去了时间概念。每天感觉起来都一样，所以变成了永无止境，又好像时间根本就没有前进，整个宇宙暂停下来。可是，凯西忽然跑来说她怀孕了，而你也要再婚，我忽然察觉自己潜意识里始终妄想着只要忍过一时，就会回到过去。回头一看，却发现已经太迟了。你们两个都还继续走在人生道路上了。"

狄妮丝落寞地点点头："你可真的是个浑蛋呀，席佛。"现在她说话的声调已经没有了怒气，比较像是指出一个事实当作忠告。

"我知道。"他回答。

"现在你还等着心脏爆裂，选择用这种方法一走了之？"

"因为我想不出更好的办法。"

"也罢，但至少卖个人情给我，不要今天就死，好吗？今天我需要你帮忙，这点要求不算过分吧？"

他点点头，又闭上眼睛："没问题。"

太阳即将沉入湖的另一侧，天空也变了色，他们终于抵达别墅。凯西的白色英菲尼迪与李奇的奥迪都停在别墅旁。席佛下了车，望着眼前这栋建筑。"挺漂亮的。"他说，回头却看见狄妮丝站在车子另一边，显得局促不安。

"要我先在车上等吗？"他问，"就由你先进去告诉他们吧。"

狄妮丝白他一眼："你还想逃之夭夭啊。"

"不是啦。"他说，"我只是觉得，以这种状况来说，看见我和你在一块儿，他恐怕会更生气吧。"

"反正他已经够生气了。"

"你知道我是什么意思。"

"他恨我，他们两个都恨我。要我怎么面对他们啊，我把一切都该死的搞砸了。"

席佛露出笑容，希望看上去潇洒。"那跟我来吧。"他朝门口走去，"我可是每天都在处理这种事情啊。"

40

"你不准进来!"

凯西的叫声传来,席佛脚步一顿。两人抬头,就看见女儿站在两层楼高的露台上低头瞪着他们。

"嘿。"

"席佛,你给我闭嘴。"

"凯西,宝贝,"狄妮丝说,"我很担心你。"

"那李奇呢?你担不担心他呀?"

"当然也担心啊。"

"好,你甭担心了,他好得很。"

"宝贝,你先下来,我们谈一谈。"

凯西摇头:"谈什么?你们两个现在是同一路了?"

狄妮丝看看席佛,又望向女儿:"不是的,孩子。不是你想的那样。"

"那是为了纪念过去,所以才上床的啰?我还以为只有我那么不会挑时间。"

"我知道,孩子。我很抱歉。"

"干吗向我道歉，我又不是你的未婚夫。"

狄妮丝望向席佛，眼睛已经冒出泪水。席佛激动起来，一个念头闪过，想要假装心脏病发作，骗女儿出来，但对自己的小孩使出这种伎俩好像太卑鄙了。不过，还是可以当作最后的手段吧。

"为什么不让我们进去？"

"这又不是我的房子。"凯西回答，"这是李奇的地盘，他不想看见你们。"

"那你就下来啊。不然我都看不清楚你了。"

"你知道我长什么模样。"她手臂搁在栏杆上，一派悠闲地靠在那儿，好像正欣赏什么风景似的。

"至少她肯和我们说话了。"席佛对狄妮丝说。

狄妮丝还是摇着头，接着冲上前敲门："李奇，拜托！让我进去，听我解释。"

席佛倒是觉得他也可以听一听。

"你下来吧。"他抬头对凯西喊道，"我们让李奇和你妈妈独处一会儿。"

"这句话居然从毁掉他们关系的男人口中说出来的呢。"凯西撑起身子坐在栏杆上，一双腿晃啊晃的。

"你干吗呀？"席佛见状一惊。

"李奇！"狄妮丝还是大叫着捶门。

"他不会开门的。"凯西说。

"那我就不走。"她继续敲。

"你干吗这么生气呢？"席佛问。

"你是认真问的？"

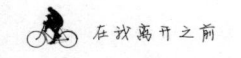

"是。"

狄妮丝稍微停下来，先看看席佛，又看看凯西，结果发现她坐在栏杆上，脚跟微微勾着，上半身往前挺，只用单手拉着扶栏。

"你在干吗？"狄妮丝吓得大叫，"别这样！"

"凯西，退回栏杆后面去！"席佛也吼道。"不要这样！"

"我是孕妇耶！"凯西朝着下面咆哮，声音都破了，"我很害怕，不知道要怎么办，人生已经够糟糕了，而你们两个呢？也胡搞瞎搞跟着乱来吗？我需要的是父母，是真正的爸爸、妈妈，不是肥皂剧啊！"

她哭了起来，但那姿势让席佛吓得不知所措。

"你说得对，孩子。"狄妮丝也哭了，"我真的很抱歉。"

"快离开栏杆！"席佛继续大叫，仿佛已经看见女儿摔下来，听见撞击地面时发出的恶心声响。

"为什么？"

"拜托！"

"你以为只有你可以自杀？"

席佛转身全速冲进前门，肩膀一拱开始撞门，可惜这门坚固得很，结果是他整个人弹开来，重重倒下。

"席佛，你搞什么？！"

门忽然被甩开，李奇站在门内。

"李奇……"狄妮丝开口。

"李奇——"席佛摇摇晃晃地站起身。

"你们招呼打完了？"他说。

"门……抱歉。"席佛说。

李奇看了门一眼,又看向席佛。他的门可是一点事也没有,于是他的表情仿佛是说:你在跟我的门开玩笑吧?接下来,他点了点头,往前扑了过去。

随后场面很难看:两个没什么经验的中年男子根本不知道怎么好好打一场架,何况他们还都是靠手为生的,所以也不敢你一拳、我一拳地有来有往,结果就绕着圈圈,对掌、推人,偶尔揪一下对方衣领。李奇先冲过去往席佛腿上一踹,席佛赶紧抬起腿来防御,于是李奇实际上踢到的是他的脚掌。席佛往李奇脸上挥出一拳,但是李奇太高了,站得也远,他根本没打到,反而被自己挥出的力道一牵,整个身体转过去,背对着李奇。李奇见机不可失,朝他臀部一脚踢过去。席佛在这时又转了过来,抓住他踹过来的脚,结果两个大男人就这样滑稽地僵持着,席佛将他的脚抓在自己胸前,李奇则单脚跳啊跳的,就这样一起退到车道上,又跳上湖畔的泥巴地,直到席佛终于脚一滑,和李奇一同摔倒,四肢全缠在一块儿。

他们滚呀滚的,滚到湖边,踢着水和烂泥继续扭打。后来席佛总算挣脱李奇的钳制站了起来,但脚踝已经泡在冰冷的湖水里。没多久,李奇也跟着起身,两个人对峙着不断喘气。隐约中,席佛注意到狄妮丝与凯西站在小坡上面朝这儿尖叫:看见凯西总算离开了露台的栏杆,让他松一口气。

"要不要算打了一个平手?"席佛问。

"你上我老婆耶!"李奇吼道,又想踹他,可是湖底的土壤湿滑,他两脚一滑,整个人往后躺进水中,扬起了大片水花。席佛赶紧上前,伸手要拉他起来。

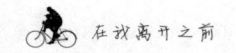

"好了啦。"他说，"你真正生气的对象又不是我。"

李奇拉着他的手站起来："不对，我真正不爽的对象就是你！"说完，他立刻往席佛鼻梁一拳挥过去。席佛重重地倒下，头昏脑涨，嘴里有血。李奇站在他旁边，冷笑着甩手。

"李奇！"狄妮丝大叫。

"我一会儿就上去。"他说这话时仿佛怒意全消了。

席佛躺在湖水中，用手肘撑起身体。他眼前所见，全染上了奇异的橘色光芒，仿佛另一个空间，不时还有冷风袭来。这就是死亡吧，他思考着。如果这就是死亡，其实他适应得很好呢。但再过几秒钟，他就失望地意识到那橘色光芒跟死不死什么的没关系，只是夕阳余晖罢了。若真的感受自己就在他们身边，搞不好他们还会说一两个关于他的有趣回忆。他捧起湖水洗去鼻血，起身站在李奇旁边。李奇将右手手指伸直，一根一根地检查。

"手还好吧？"席佛问。

"看起来没大碍。"

"要再来一拳吗？"

"不必，我好得很。"

"那就好。"席佛回头往别墅走过去，"真高兴我们可以谈心。"

他离开湖面以后，脚在鞋子里踩出吱吱水声，慢慢地爬上缓坡，而站在那儿的狄妮丝与凯西仍是一脸慌张。狄妮丝先跑了下来，从他身旁经过，来到站在水里的李奇身旁。席佛则走到凯西身边，一起远远地看着她和李奇对话。

"你流鼻血了。"凯西的语气不带同情。

"没关系。"

"痛吗?"

"现在不会,之后就会了。"

狄妮丝哭了起来,扭绞着双手,拼命对李奇解释。看着这画面,席佛明白他们不可能因为这次事件就分手,心里一方面感到欣慰,另一方面却又有点觉得是被羞辱了。

"我们让他们自己聊吧。"席佛说。

"嗯。"凯西回答,"我看你应该让我们都自己过生活。"

"你还在生我的气。"

"有这么明显吗?"

女儿始终不肯正眼瞧自己,这让席佛很受伤。听她的说话语调,也让他很受伤。当然,他的鼻子是真的受伤了。他试图在混沌的脑子中找到方向,理解女儿的愤怒,却只找到一片茫然。明明他最近总把不该说出口的事给说出来,可真正该讲些什么的时候,却又沉默得连自己都火大起来。

"有个状况,"他指着狄妮丝,"你妈载我来的。那李奇会愿意借我车吗?"

她摇摇头:"老天,席佛,有时候我简直无法相信你的智障程度。"

"我还以为你早该习惯了。"

凯西朝湖畔看一眼,又瞪了席佛一下,无奈地叹气道:"我去拿我的车钥匙。"

他跟在女儿后面一起往上走,然后脱下湿透的鞋子,又回头望向狄妮丝与李奇,他们还站在及膝的湖水中。席佛集中精神,在心里向狄妮丝告别。无论之后如何发展,他明白

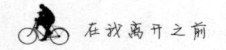

自己不能再把狄妮丝想成自己的妻子。在旁人眼中,这早已是个显而易见的事实,但席佛在这方面的记录可是厚厚一大叠——忽视最显著的事实直到为时已晚,对他来说几乎是种性灵的依归。

41

狄妮丝坐在露台上,看着坐在船上钓鱼的李奇,同时不断地朝手臂、颈部拍打,好驱赶蚊子。李奇整晚都在船上,看来也不想太快回来。其实狄妮丝没办法真的看清楚,太阳下山之后,整个湖面笼罩在浓密的黑暗之中,所以她只能从船上那小小的红色钓鱼灯上下摆动的光线来判断位置,看起来大概在一百码外,其他就什么也看不到了。萤火虫的微弱光线忽明忽灭,快速而神经质地在半空中移动,那飞翔的路径恐怕只有虫子才会懂吧。底下的码头是李奇独立搭起来的,他喜欢自己钓鱼、去鳞、亲手烹饪,比起席佛要好得太多,而他称那些发光的虫为"闪电虫"。狄妮丝独自坐在黑暗中,在心中对自己承诺:以后她也叫这些小虫是闪电虫吧,这点小事她总该可以做到。

她手又拍了过去,尽管心里清楚这根本是徒劳无功的。蚊子大军占了天色昏暗与数量众多的优势,她的血势必成为它们的食粮。她该进去屋内才对,但知道不代表做得到——没得到李奇的宽恕,还躲在他的房子里享福,感觉好奇怪。

于是狄妮丝还是坐在外头，用自己的拍掌声对抗蚊子的嗡嗡声，并继续自怨自艾为什么会与席佛上了床。她知道自己可能在卢本家喝了太多祈福酒，也记得时间晚了些，在她眼中的席佛变得年轻，像是多年前她认识的那个男人，甚至觉得他找不到理由去挽救自己的生命是件悲哀至极的事情。那么自己是想要拯救他吗？或是哄他相信还有希望？又或者只是个道别仪式？狄妮丝回想接吻的那一瞬间，试图理清当时脑袋的思绪，可却什么也记不起来了。就算等李奇的船回来，想要对他解释还是一样困难。

先前从湖边回来，她的脚泡了水很冰，鞋子也坏了，不过看见席佛与凯西先离开，她总算松一口气。这次就让席佛去和女儿好好谈谈。虽然这么多年与凯西吵架的经验，让狄妮丝知道女儿个性很拗，生起气来还口不择言，但席佛却也总莫名其妙地教人没办法真的动怒。有时候狄妮丝觉得很不公平，就因为他是个不负责任的浑蛋爸爸，反而可以享受最惠国待遇吗？不过这回她不介意了，倘若她能借由席佛顺利渡过这一关，对她而言，记录依旧会勾在"胜利"那一边，人生顺利往前推进。毕竟，此时此刻狄妮丝更在意的是自己的人生小船会不会翻覆，她必须弥补那个天大的错误。

渐渐地，蟋蟀的声音进入她的意识中，是低沉且带着催眠效果的唧唧声。狄妮丝一如以往地开始心想，这声音究竟是出自于十只蟋蟀，还是一千只蟋蟀呢？但这问题她也没认真去查出答案。李奇应该会知道才对。她在心里做笔记，两人再一起坐在这儿的话，一定要记得问问他。就仿佛只要她先想好计划，两人就真的还有下一次的机会。

金属与木头摩擦的声音传来，狄妮丝知道这代表李奇的船靠上码头。方才因为一直处在黑暗中，视觉变得不灵敏，根本没注意到红色钓鱼灯靠近了。她赶快走下木头阶梯，恐惧像是一股寒意在她体内搅动，可她也只能战战兢兢地穿过小沙丘，走向码头。夜色中，李奇的身影浮现，沿着码头走上岸，提着五六只串起来、体型不小的鳟鱼。他看见狄妮丝时愣了一下，接着就走到她面前。狄妮丝感觉码头木板随着李奇的脚步晃动，两人凝望彼此好一会儿。树叶的窸窣声伴随着微风传来，夜间活动的鸟儿发出阵阵叫唤，她的视线投向湖畔树林的顶端，意识到这片林子里有好多他们看不到的生物居住，而他们两人也可以住在这儿啊，将这里当成家。

"我都忘记这边晚上有多安静了。"她开口说。

狄妮丝似乎看见李奇微笑了。隐藏在阴影之下，她很难确定他的表情。李奇举起他钓鱼的收获，是六条身上有些斑点的长鳟鱼，在远方院子的光线照射下闪耀着银光。"软肚鱼。"他说。在李奇口中，萤火虫叫做闪电虫，淡水鳟鱼叫做软肚鱼，反正他怎么叫这些生物听起来都很顺耳。

"李奇……"

他摇摇头，不希望狄妮丝多说什么。"我来处理，"他说，"然后你煮吧。"

他从狄妮丝身边走过去，往屋子里移动。狄妮丝转身跟上，感觉心脏的疯狂节奏逐渐平息下来，而笼罩她下半辈子的那片黑幕终于揭开。李奇能理解的。在他心里还有一小部分的厌恶，将来的某一天两人大吵一架时，他会将这埋藏已久的怨念全放出来，逼得狄妮丝无话可说，然而，与此刻的宽恕相较，这代价太微不足道了。更何况未来的纷扰也会过去，就像这次一样。因为李奇能理解，甚至比起狄妮丝自己更明白，原来她这一时的出轨其实是个结束，而不是开始。

　　面前是两人即将共度的人生，她也赫然察觉到自订婚以来，心里始终没像现在这般踏实。很想告诉李奇，希望能将这份情绪感染给他，但李奇刚才的态度很清楚了，他不想多谈。狄妮丝或许得将现在这份喜悦永远埋葬起来，但她对李奇的爱变得如此清楚，心头因而热了起来。只能独享这份感动令她感到悲伤，可是跟在李奇身后走向别墅，沐浴在厨房透出的温暖光线下，她体会到有些人为得到原谅所付出的代价可是大上许多。

42

回程的第一个钟头，凯西在驾驶座上沉默不语，连看也不愿意看席佛。席佛耐着性子等待，但最后实在受不了了。

"你要不要说点话啊？"

"你要我说什么？"

"不知道，只是觉得应该谈一谈。"

"谈哪一部分？"

"啊？"

"你想谈哪一部分？你出卖我，把杰瑞米的事情告诉妈，还是你跟妈上床，搞得所有人乌烟瘴气？"

"我只有这两个选择吗？"

"在这个时间点开玩笑是个超级糟糕的错误，席佛。我会这么说，完全是基于你有不断做出错误选择的丰富经验。"

"抱歉。告诉我该怎么办，我照做就是了。"

"那你回去跟妈'下床'。"

"你一定要这么不可理喻吗？"

"去你的，席佛，我一直都好好跟你讲话，你呢？你把

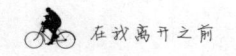

我的人生搞得乱七八糟。不可理喻的人是你吧。"

"前面有休息站，停下来吃点冰淇淋吧。"

"去你的休息站，去你的冰淇淋。"

"你今天说了很多次去你的。"

"每个去你的都是有原因的。"

"说真的，我和你妈之间发生的事，你根本没什么好生气的。"

"是吗？"

"我是说，你仔细想清楚的话，会发现这与你无关啊。那是两个喝了点小酒的成人出于自愿犯下的错误，而且如果有什么后果的话，我们也都承受了，就好比你也得面对……嗯，你的状况。"

"我觉得你可以闭嘴了。"

"我也希望我可以。"

"只要闭起来就好。"

"我已经尝试了一整天，但这些话会自己冒出来，已经没办法控制了。"

"不受控制，很好。"

"你应该要原谅我。"

"我这辈子都花在原谅你上头。"

"我很感激。"

"你这个浑蛋。"

"我是啊。我也知道我是。你可以告诉我要怎么弥补。"

"闪远一点。"

"啊？"

"离大家远一点。离我妈、李奇还有我远一点。我们三个是一家人,他们是我仅有的亲人,可是因为你的关系,说不定又要支离破碎了。我已经失去过一个家,不想失去第二个,无论是现在还是以后。"

"凯西——"

"我懒得故意说话激你,我是认真的要你了解。"

"拜托——"

"你到底懂不懂?"

"我懂。"

43

搭电梯上楼时,席佛整个人瘫靠着墙面,慢慢地滑到地上。他连再站好的力气也没了,他实在太过疲惫,而且感觉得到身体里的能量像恐怖片的血浆那样不断往外流出。到了他住的那层楼,电梯门打开了,他看着走廊上的褪色壁纸。以往他没有从这个角度去观察过———一身创伤、眼角泛泪,而且视线高度还和那些随着愤怒、悲伤、无奈的失意男子进出凡尔赛宫的行李箱或家具一样。会留下伤口吧,他心里想着。一个个家庭破碎后所带来的血痕与痂皮,往后还会继续存在。

门又关上,电梯没动。在一台没有移动的电梯里,气氛很诡异,仿佛时间就此停滞。或许等门再度开启,他可以走进另一个世界。在那里,凯西未曾在回来路上说过那些话,即便那些言词已经深深刻进他脑袋里的破烂走廊。

很安静。但总会有人按下按钮,电梯迟早必须上升或下降,而他的生活,或者应该说在这里度过的不知道什么东西,也总要继续下去。至少,现在静止的电梯里只有灌透心灵的凝滞,配上他浅薄断续的呼吸声。死在电梯里好像有些奇怪吧。好处是很快就会被发现,不像死在家里,还要等到尸臭散发出来才会被发现。此外,他会成为凡尔赛宫的传奇——死在电梯里的过气摇滚明星,赤着脚,手里还拿着湿透的鞋子。想必会引发一些臆测,然而不用太久,有人进、有人出,他终将成为这栋大楼无数悲剧历史的其中一小段。

想到这儿,他不知从何生出了一点力气,撑起身子慢慢走回自己的住处。倒上床以后,不可思议地,他只有起床尿尿几次,然后就在无意识与彻底的静默之中度过四十八小时。

44

艾絮莉·罗斯在石草地乡村酒吧举行成年礼[1],她父母邀请了三百位亲友。主题是岛屿风,所以找了三个辫子头黑人穿上袍子,拿着锅子一样的乐器,在中庭表演卡利普索音乐。一旁还插上人造棕榈树,并设计一整面 LED 荧幕墙,播放碧海蓝天白沙滩的景色。

宾客都领到了珊瑚项链,可以戴在色彩鲜艳的衣服外面,现场也有特别设置的吧台,专门调色哈马妈妈或其他以兰姆酒为基调的调酒。席佛在这种场合出入过不知道多少次了,所以他甚至知道这一场那些敲打着钢鼓的人,还有酒保,以及坐在角落那几个替现场的女孩们绑辫子的女侍叫什么名字。每次他都看得目瞪口呆,怎么大家辛辛苦苦挣了钱却又花在这些地方,但想想这一场的调酒味道真是棒,吃到饱餐点也是顶级,以他的立场来说实在没什么好抱怨的。

原本他还不愿意来,当卢本出现在他的公寓里摇醒他,要他下床去浴室时,他很干脆地拒绝了。"不行,"父亲站

---

[1] 依犹太教的习俗,会在男童十三岁、女童十二岁时举行成年礼。

在床头说:"你答应过我。"

"我只是配合你才说好。"

"那也一样是答应了。"他父亲将被子掀开,"老天,这东西该直接烧掉了吧。你都没送洗吗?"

"我身体不舒服。"席佛缩成球状。

"我难过得都要把刚喝下去的汤给哭出来了呢。"卢本很爱这句玩笑话,连讲道的时候也常说。

"我要睡觉。"

"等你死了以后,想睡多久都可以。"

"现在拿死来开玩笑了,干得好啊,老爸。"

"天下无奇不有。"

"滚蛋啦。"

"干吗不去呢,很好玩的,你也该去见见朋友了。"

"我又不认识他们。"

卢本坐在床边绑鞋带:"凯西你总认识吧。"

席佛睁大眼睛看向父亲:"凯西会去?"

"她以前好像当过那女孩的临时保姆。"卢本耸肩,"世界很小。"

于是他猛然回神,坐起身:"她知道我会去?"

"不知道,就当是给她一个惊喜。"

席佛想了想以后:"我应该要先洗个澡再去。"

卢本露出温暖的笑容:"聪明,说得很对。"

席佛几乎是一到现场就碰上了凯西。她眯起眼睛瞪了席佛一下,接着眼珠子转了转,也瞪了爷爷一下,然后说:"来真的啊？"说完，转身走得远远的。不过，席佛现在又看见她在舞池那边，和几个年纪更小的女生以及带动气氛的舞者摆动着身体跳舞。女儿脸上笑容灿烂，在舞池里扭着脚跟四处旋转，还非常小心地不与席佛对上眼。看在他这个爸爸眼里，自然高兴女儿有笑容，还跳着舞，尽管她的雀跃总带着讽刺的味道。

　　席佛原本没有座位，因为事先并不知道他会跟父母一起来，不过，因为卢本一直被教友拉去聊天，所以他就坐在卢本的位子上。伊莲当然坐在他隔壁，她稍微将椅子往后拉，小口地喝着色彩鲜艳的调酒，然后对着儿子笑一笑，又将椅子拉近儿子一些。

　　"你鼻子怎么啦？"她问起。

　　"被李奇打了一拳。"

　　母亲听了严肃地看他一眼："好吧，迟早要有人动手。"讲完这话，她别过头，硬生生换了话题，"感觉好像办得太盛大了些。"她目光四处扫了一圈，"这样等她十六岁时又要怎么办呢？"

　　席佛望向母亲，注意到她眼角的细纹已经往下散开，延伸到曾经丰腴的两颊，嘴唇也比记忆中来得薄了些，仿佛噘嘴噘了好几年，所以才磨掉了似的。还有头发……他很讶异地发现母亲的头发居然已经全转为银色，而他却不知道是什么时候的事。

　　"怎么了？"伊莲察觉到儿子的目光。

　　"你看起来老了。"

　　儿子的直白让她微愣，接着伸手摸摸自己的脸："不然试试看生一个和你一样的儿子吧。"

"对不起，妈，真的对不起。"

伊莲牵起席佛的手，刚握过酒杯的手指冰冷湿滑："那要不要弥补呢？你可以活久一点，等我真的很老了，才可以来照顾我。"

席佛点点头，靠在椅背上。

"你总不想叫我去参加自己儿子的丧礼吧？"她说，"我可先说清楚，假如你做出那种事，我宁可去修指甲，也不要去看人把你埋进土里面。我不愿意为你做的事情，说起来也没几件，但那是清单上的头一件。"

他将头靠在母亲身上："我懂。"

"懂就好。"她说，"相比之下，我可是一点也不懂你啊。"

母子就这么静静坐着好一会儿，看着凯西跳舞："你看看你女儿，"伊莲开口，"她也把自己搞得一团糟。"

"她不会有事啦。"

"你怎么这么说！"伊莲厉声说道，忽然挺直身子，推开了儿子，"她是你女儿呀！"

席佛坐直身子，对母亲这么生气感到吃惊，尤其是一点前兆也没有。

"应该不用我来告诉你，你这个爸爸当得有多差劲吧。"伊莲继续说。

"你还是说了啊。"他有气无力地回答。

"因为你到现在都没有清醒！你女儿才十八岁，肚子里却有了小孩。"

"又不是因为她做应召女，她只是犯了个小错而已。"

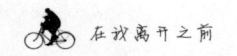

伊莲听了摇摇头:"我不清楚她脑袋里到底在想什么,不过我倒是很确定绝对是你的错。"

"我?我做了什么?"

"问得好,你到底做了什么?"

"我的天,妈——"

伊莲脸都涨红了,而且明显很生气,下巴颤抖起来:"她明明该将你隔绝在生活之外的,但不知道是什么奇迹导致她居然没有这么做。你这女儿还是爱你、信任你,不然你以为她怎么还会去找你呢?"

"因为她不敢跟狄妮丝说,觉得我会比较同情她吧。"

他注意到音乐停了,乐团正要进下一首歌。席佛很习惯演奏流程,下意识地一直注意进行到什么阶段。

"你真的是个大笨蛋。"伊莲站起来时,不小心将酒洒出一些在桌上。对面有两对年纪比较大的夫妻,他们很努力装作没发现第十六桌这儿发生什么事情,"她去找你,是因为她害怕,她需要自己的爸爸,需要一个让她安心的人。"

母亲说出的真相在他心上划了一刀。凯西要的是自己的爸爸。而席佛当傻子当了太久,已经忘了自己到底有多傻。

"我正在努力啊。"

"怎么努力?努力自杀?你在开玩笑吧。你有没有想过等你死了,她要怎么办?"

"她是个好女孩,就算没有我,也会活得很好。"

伊莲又对儿子摇头,然后跨步打算离开这张桌子:"你就这样一直催眠到你全身发青好了,但是催眠并不会改变现实。"

母亲最后露出严肃但痛苦的表情，接着快步离去。席佛朝那两对夫妻瞥去一眼，微微点头表示抱歉。

舞池中央的 DJ 对着全场说话："各位先生、女士，今天罗斯一家人为大家准备了特别节目。让我们欢迎闻名全世界的超能力大师，戴夫·杰灵斯基先生！"

大家热烈鼓掌之后，一个身材高大的光头男子穿着要价高昂的燕尾服出场，走到麦克风前面："谢谢各位，也请大家给今天的主角艾絮莉来一阵掌声吧。"

又一阵鼓掌之后，席佛开始觉得自己受不了这么闷热嘈杂又都是陌生人的场合，于是站起来准备朝门口走去。

"现在我们去找点乐子。"杰灵斯基在桌位之间走动，"我需要一个人来当助手。来吧，各位，这里可是个开放的酒吧，一定有人喝多了不怕的吧！"这人很会带动气氛，在这行已经做了好几年。宴会表演这市场不小，但却弥漫着忧郁气氛，席佛每次遇上这些表演者，都不禁要想象究竟是怎样的悲剧才导致对方会沦入这一行。无论背后有什么样的故事，他相信每个人收工之后都同样要回到一个孤单寂寞、自怨自艾的地狱里。

被母亲骂了一顿，心里还在生闷气的席佛，完全没意识到自己走到舞池的时间点是多么的恰巧与不妙。

"太棒了！"杰灵斯基立刻跑过去将手搭在他肩头，推着席佛来到舞池中央，"第一位受害者出现！"

"等等，"席佛说，"我只是正好要出——"

杰灵斯基转过头："请问您贵姓？"

"席佛——"

"大家为席佛先生鼓掌！"杰灵斯基一说完，现场众人立刻鼓噪起来。席佛看见站在一群老人家中间的父亲也忽然抬起头来，眼神充满关切。接着他看见凯西，她站在后面，同样吓了一跳，显然很讶异自己的老爸又惹上麻烦了。

"好的，席佛先生，我要对你使用读心术，不过在这之前，我们应该先彼此认识一下。请问你是从事什么行业呢？"

"演奏。"

"哦，想必挺厉害的？"

"普通啦。"

"我也普通而已，所以才在成年礼表演啊。这也是看本领的，你说是不是？"

观众被他逗得乐不可支。

"那你要不要趁现在大家都注意我们的时候，利用机会对艾絮莉说几句话呢？"

"呃……恭喜你啊，艾絮莉。"

"你与她的关系是？"

"其实我不认识她。"

"你……该不会是看见有宴会就闯进来了吧？"

"唔，我想算是吧。"

杰灵斯基神色顿时变得不安，他可不知道怎么处理这种对象。他朝席佛投去探询的眼神，但席佛也只能耸耸肩。全场一下子静默下来，席佛还看见一滴汗从杰灵斯基的光头往额前滑落。其实他自己的腋下、腰间也冒汗了。他望向凯西，女儿靠着墙摇着头，无奈地朝门口一比。

"凯西。"他开口叫唤，还挥了挥手，却忘记杰灵斯基正将麦克风递到他面前,于是声音扩散开来。三百双眼睛朝凯西望过去,她整个身子缩了起来,只能红着脸也挥挥手,硬挤出微笑,不过席佛还是觉得很可爱。他索性将麦克风整个接过来,视线依旧停留在女儿身上。

"宝贝,对不起。"他说。

凯西瞪大眼睛,用力摇头。别这时候!拜托!

但他像是从天上看着自己,仿佛灵魂栖息在舞池正上方的那盏大水晶灯,只能眼睁睁与所有观众一起看着自己的行动,其他什么事也做不了。

"我不想来这里,"他径自说了下去,"也不知道自己为什么会在这里。其实,我说的这里并不单单是指这场宴会,虽然我并不认识这里的人,但我很肯定,从这豪庭到荒谬的宴会看来,我想必也不喜欢大部分的人。但反正我不是那个意思。"

他隐隐约约意识到会场里的沉默又加深一层,所有动作都停下来了,连餐具碰撞声也完全消失,没有人低语或是干咳。本来只是礼貌性地保持安静,如今大家的注意力完全被吸引住。凯西也不再示意要他离开,就这么盯着席佛,而席佛也不知道女儿究竟是吓坏了,还是想知道他到底要说什么。摄影师将灯光打向他,眼睛都快睁不开了,但他心里只想着自己好不容易得到女儿的注意,下一次不知道要多久以后才有这样的机会。

"我不明白自己怎么会变成这样一个人,感觉只是占空间,根本不需要存在。我一直回想,想找到究竟是哪个时间点开始出了差错,但我还是想不起来。就好像有一天上床睡觉,

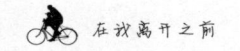

隔天却全身麻木了那样。"

凯西稍微移动了,走到桌子旁边,席佛终于看清楚她的脸,知道女儿正在哭。

"我已经很久都没有什么感觉了,凯西。我连能够有感觉到底是怎样的一种感觉,都已经遗忘了。可是,那天我在医院里面醒过来,忽然间又可以感觉到身旁的人事物。其实很多事情,我一直放在心里。我知道自己有多爱你、多因为有你这个女儿感到骄傲,只是现在我又感觉得到了,才发现那是多深刻巨大的感情,可以把我整个人给填满。也就是因为这样,我才不愿意动手术,我宁愿在此时此地就死了也没关系,至少我可以保留这份感动,而不是多活个三四十年,却过着像之前这十年一样的日子。"

凯西越哭越激动。在她背后站着的人,席佛猜想应当就是罗斯先生了吧。他正与两名保安对话,神情相当气愤,于是保全开始穿过桌席朝舞池移动。席佛回头看着杰灵斯基,光头大师只是站在一旁,像是快要吐了似的。

就在此时,背后忽然响起一阵很熟悉的贝斯旋律,音乐缭绕全场,吉他断断续续,接着鼓声也应和那埋藏已久的和弦。这首歌曲带着席佛的意识回到一个温暖的春天早晨,他躺在沙发上,怀中是刚出生不久的女婴,他托着女儿还没有什么头发的小脑袋,嗅着新生儿身上那特有香味,喉间哼着曲子。那曲子本来毫无章法,却渐渐接续起来,逐渐成形,然后成为回荡在耳边的这首歌。

席佛回身,看见竟是老朋友丹尼·贝普提斯特在台上朝着自己笑,乐团其他人也已经准备就绪。席佛也微笑了,很高兴尴尬的沉默终于被打破。丹尼倾身到麦克风前喊道:"各位先生、女士,在你们面前的是德鲁·席佛,我是丹尼·贝普提斯特。我们是弯雏菊乐团!"观众大吃一惊,七零八落地开始鼓掌。这时前奏已经结束,音乐短暂地休止,本来这是给主唱麦瑞迪的暗号,问题是麦瑞迪当然不在场。贝普提斯特的视线聚焦在席佛身上,点了点头,鼓励他继续。席佛看着凯西,然后将麦克风靠在嘴边,深呼吸后闭上眼睛,歌声从口中流泻出来。虽然他没有麦瑞迪那样的共鸣与高音,又因为被李奇揍了所以鼻音比平常重,不过,原本他歌喉就不算差,当初还在这张专辑里当和音,所以唱起来相当纯熟。

一直唱到吉他独奏的桥段,他才重新睁开眼睛。一睁开,他才发现身边全都是人,大家拍手、跳舞,围绕着舞池里的他。席佛四处张望,想找到凯西,结果看见她还站在两张空桌中间,依旧笑中带泪地望着自己,身体还随着节奏轻轻摆动。吉他独奏结束,席佛继续唱了下去,人群渐渐围了上来,拍掌打着节拍,看得出来大家都很享受这一刻,而且这种欢乐气氛绝不是事前排练就可以做到的。他、凯西与在场所有人,大家在适合的时间被一首适合的歌曲给连接起来。席佛身体的每一个细胞都会记得这份感受。他开始重复几次的副歌,也跟着转起圆圈,将自己的心、自己的身体全都交在音乐之中,而他已经很久很久没有过这种感觉了。

不久之后,我将安息,但安息之前,我活得支离破碎。

上百人与他一起合唱,还将他高高抬起来。他听见丹尼

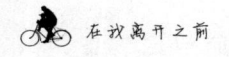

为自己和声，好像回到了过去。凯西的眼影随泪水滑落，像小时候他在车上放音乐给她听时那样，大声地跟着唱。整个舞池都狂热起来，席佛非常感动，音乐又回到生命里，将他的灵魂带走，人生有了不同……但他却也清楚，歌有结束的时候，以前如此，此刻亦然，届时失去旋律的冰冷现实又会反扑而来。不过，现在他只想跟着耳朵里掩盖了一切的嗡嗡声继续唱下去。他感受到太多的爱，不知道如何才能表达，只能闭上眼睛，任情绪漫溢全身，直到音乐完结为止。

45

"唱得真好呢，爸。"

"谢谢。"

"怎么了？"

"没什么，只是……你刚刚叫我'爸'。"

"不然我叫你什么？"

"叫'爸'就好。"

"嗯哼。"

"只是你没有每次都这样叫。"

"真的吗？唔，我没有注意到呢。"

"嗯，这样叫比较好。"

"真不敢相信你居然在人家的成年礼宴会上抢着出风头！"

"呃，其实——"

"还用空降的方式！"

"我不是故意要那样做，只是不小心站起来而已。"

"你装什么蒜呀？唱完以后，大家都抢着和你拍照呢！

你成了会场焦点!"

"而且我还是唯一没领到钱的艺人。"

"你在舞池里看起来很帅。其实以前我好像没看过你演出。"

"以前我很少站到台前,应该考虑复出。算了吧。"

"为什么不肯?"

"那是年轻人的游戏。"

"你也没那么老吧。"

"但也没那么年轻。"

"我听到你对我说——也说给所有人听的话。反正,谢啦。"

"不客气。"

"你真的以我为傲?"

"开什么玩笑?你可是我人生里唯一能够证明活着并不只是浪费氧气的证据呐。"

"假如你的人生没有白费,为什么不动手术?"

"没这么单纯。"

"你总是这样说,但我觉得是鬼扯。反正不是想活,就是想死啊。"

"我想成为更好的人。"

"嗯,但是死了就不可能变好了。"

"不错的论点。"

"我还有更好的。"

"说说看。"

"你离开了我们,爸。我知道你当初只是跟妈离婚,但结果却是连我一起离了。"

"我明白。"

"但是我之前原谅你,就像现在也原谅你一样。你知道为什么吗?"

"为什么?"

"因为没有别的选择。妈可以再找一个丈夫,我却没办法再找一个亲生父亲,偏偏我还是需要有个爸爸。我是说……你看我现在搞成这样。"

"唔,谢谢,我很感动。"

"可是如果你又丢下我,那我就不会再原谅你了。"

"我懂。"

"我会恨你,然后在胸部弄一个刺青,还要和成千上万的窝囊废上床,这样才可以报复你。"

"好、好,我懂了。"

"我是说真的。"

"我知道。"

"那你要不要动手术?"

"我会认真考虑。"

"我的天,爸——"

"你妈和李奇还好吗?"

"进展神速,还是准备办婚礼。"

"很好。"

"所以你没破坏成功。"

"听起来我该换个话题。可不可以暂时不要讨论我啊?"

"可以。"

"那你到底打算怎么处理自己的状况?"

"很高兴你问了,因为我真的做了一个决定。"

"是吗?"

"对。我决定好了,我会照你给我的建议去做。"

"这就是你的决定?"

"是。"

"这太荒唐了吧。"

"你想想,我已经在没有你的情况下生活了八年。这八年呢,原本你要陪在我身边,帮我分摊压力,教育我、安慰我。从我的角度看来,你就欠了我八年的父亲职责。我现在也只是一次要回来罢了。"

"乍听之下很有道理,但这逻辑其实有谬误。"

"怎么说?"

"你寻求建议的对象,是一个每次面对重大决定都毫不意外会做出错误抉择的人。"

"这岂不是再好不过,因为你说什么都错,就像我知道不管走哪条路都会后悔。"

"我想要你知道的是,无论你最后决定怎么做,我都支持你。"

"从一个明天可能就会死的人口中说出这样的话,好像不太有意义。"

"抱歉,我不能帮你做这个决定,也没有人可以。"

"妈就可以。"

"那你可以去问她。"

"这样你还有什么用?"

"我刚刚不就是这意思吗?"

One Last Thing Before I Go

46

星期二。又是星期二,所以他们又和往常一样进行那个交易。席佛想到自从上次以来发生的事情,自己也感觉非常的震撼,才不过七天而已,就好像整个世界天翻地覆,尤其现在杰克车子的后座又多了一个人。凯西坐在旁边凝望窗外,头发跟着微风飘扬。席佛特地调整遮阳板上的小镜面偷看女儿,经过成年礼宴会事件之后,凯西总是一副貌似轻松,乐观开朗的模样,其实看在他这爸爸眼里却觉得难过,希望她可以放下伪装。狄妮丝这周六要结婚,凯西一直担心他会受到打击。虽然席佛自己也不免怀疑,但基本上他觉得自己没问题,当然会有一点点难过,不过事情画下句点,反而就踏实平静得多了,说不定这就是他一直需要的收尾,又或者那天晚上他会烂醉如泥地哭倒睡着。无论如何,他没接到请帖,对此感到有点受辱,却又觉得轻松。同时,席佛还试着思考关于女儿怀孕一事,想知道她到底希望自己说什么,这样他才有办法帮她把事情好好处理完毕。

杰克将车停在布莱契皇家医学研究中心的停车场地。凯西东张西望,一脸疑惑:"这不是大卖场啊。"

"我们有件小事要去处理。"

"什么样的小事?"

"那种我们不想告诉别人的小事——"在杰克回答的时候,席佛也开口了:"要去卖精子。"

"什么?"

"我的老天,席佛!你现在是不是什么秘密也守不住?"

"看样子是没办法。"

"等等……爸,你说的是真的?"

"是医学研究用的。"席佛告诉她。

凯西摇摇头。

"不是什么很奇怪的事情。"

"呃,你就相信他说的吧。"杰克的语气还是很戒备。

"所以你们真的带我一起来,然后要我在车上等你们?"

杰克推开车门时,忍不住白了席佛一眼:"我还是比较喜欢会说谎的你。"

"反正我也未必符合资格了。"席佛说,"只要身体有异状都得报告上去。"

"不会吧!"杰克一条腿都跨出去了,却整个人僵在原地,"这会让你心脏病发作吗?"

"我是觉得不会。"

杰克犹豫了一下,最后回到驾驶座上发动引擎:"去你的。"

"为了医学研究啊……"凯西在后座说,她的笑声很欢乐,像小孩子一样。席佛听了跟着微笑,却有种心碎的感觉。

47

席佛又去听莉莉对孩子唱歌,她唱了《噢,太阳先生》《麦克·芬尼根》《魔法龙帕夫》。今天她将头发放下来,也没上什么妆,席佛觉得她看上去好像很疲倦。

"她是谁呀?"凯西从他背后出现。

"一个不认识的女孩。"刚刚他将女儿留在小说区,没想到凯西居然偷偷跟过来。外头下着雨,雨后雷阵雨很猛烈,拍打着书店玻璃窗的声音就好像鼓掌一样。这样的大雨总让席佛想念起自己的孩提时代,想念那雨衣的气味,还有橡胶雨靴摩擦人行道地砖的触感。现在虽然只是下午,天色却已经像是入夜,也因此让他忽然觉得沮丧、烦躁起来。

"她挺可爱的。"

"嗯。"

"你是为了她来这儿的吧。"凯西也猜到了。

"嗯。"

"那你们进展到什么程度?"

虽然凯西已经压低音量,他还是嘘了嘘,要她小声一点

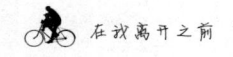

"没有进展啦。"

女儿盯着他:"你来这里多久了?"

"我不知道。"这下子席佛真希望没有凯西来,害得他心很慌。

"几个星期,"凯西问,"还是一个月?"

他看着女儿没说话。

"靠,不会吧。"她讶异道。

"你越来越常说粗话了。"

"破碎家庭的影响啊。"

"去你的。"

"你也没比较好嘛。"

"好了,"他闷哼一声,"我们走吧。"

"不约她出去?"凯西动也不动。

"我在等适合的机会。"

"你也真是够了,爸。你上次约人出去是什么时候的事了?"

席佛搔搔后脑,因为刚刚淋到雨还湿湿的。想想他还真的很久没有跟谁交往了。他也不知该如何解释,只是每次碰到想要约会的对象,内心就会有种麻痹的感觉阻止了他。只要深入思考自己因为这种潜意识的害羞、恐惧,或者说是抗拒,因为独身这么多年,他就非常恼火,却不知道要如何在关键时刻加以克服。

"好一阵子了。"他心想,其实已经好几年了吧,但自己也不太确定实际数字,记年份向来不是他的专长。

"她是歌手,你也玩音乐。"凯西又说,"感觉很搭啊。

快上吧，爸，你以前是摇滚明星耶！"

"我只是鼓手。"

凯西摇摇头："你还没看出这有多讽刺吗？"

席佛耸肩。他好几年以前就不想管人生有多讽刺，真要注意的话，他不如吞药自杀就好。

"你以前真的是摇滚明星，结果生活却搞得一团糟。"女儿说，"现在你顶着可以帮自己忙的明星光环，却又在这时候只肯当个小鼓手了？"

席佛望着自己的女儿，发现她真的比实际岁数要来得更漂亮，也更睿智，忍不住为自己这些年感到遗憾。凯西似乎可以察觉他的情绪，向前一步吻了他脸颊。席佛想不起来上一次女儿亲吻自己是什么时候，也几乎被她这一吻给融化了。接着，凯西双手搭上他肩膀，直视他眼睛。

"爸。"

"嗯。"

"你很帅，而且有那种让人家想亲近的坏男孩气质，感觉起来似乎有些危险，但又只有那么一点点，你明白吗？你的眼神很温柔，笑容可以杀死人，再加上过了一段沧桑的日子，女人都会想救赎你。该死，连妈那么讨厌你，都还跟你再度上床了——"席佛白她一眼。

"抱歉，你知道我的意思。重点就是，我以前还以为你对把妹很有一套。"

他摇摇头："一点也不。"

凯西点点头，看起来应该是能够从这简单的四个字当中理解到父亲难以言喻的孤单。他很感谢女儿的洞察力。

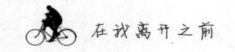

"好吧，"她又说，"那就这么决定，你不去约那美女，我们今天就别走。"

"莉莉。"他说。

"啊？"

"她叫莉莉。"

凯西微笑："那更简单了，快点上。"

席佛一靠近，莉莉却忽然蹲下去，忙着扣紧吉他盒，而这一站一蹲就显得他好高，像是压迫着对方，于是他就退后了，但这一退又觉得距离太远，待会儿根本没办法讲话，所以他又跨前一小步。想想他已经前进、后退、又前进，真像个白痴，假如她有注意到他站在旁边，也绝对会认为他是个大白痴，所以他只好站在那儿等她起身，却又不由得注意到童书区的桌子特别矮，红色小椅子的椅背上都刻着白色小花，而自己在这儿显得如此巨大。

莉莉总算又站起来，将吉他盒甩上肩膀，这时候才注意到站在旁边的席佛。他以前从没有与莉莉这么接近过，现在看见了莉莉左眼上的额头有两个浅浅的凹洞，而她的眼睛比之前他以为的还要大一些，瞳孔是很深的绿色，即使她有重重的黑眼圈，席佛还是觉得那对眸子好美。莉莉的神情显得忧郁，又或者只是精神不太好，他无法肯定原因，毕竟，虽然来这儿看了很多次，他却完全不了解对方。

"我完全不认识你。"结果他就这么说出来了。

她点点头，思考了一下席佛说的话。"可以找互助团体帮你啊。"莉莉说。

这到底是讽刺,还是幽默呢?实在很难判断。

"我叫席佛。"他伸手,莉莉也握了握他的手。

"我知道你是谁。"

"你知道?"

"你每个星期都会过来,我唱歌的时候就躲在书柜后面看,像间谍一样。"

席佛觉得自己脸红了:"抱歉。"

"没关系的。"

他觉得自己得赶快扳回一局:"我喜欢听你唱歌。"

这次果然换她脸红了:"都是儿歌而已。"

"我知道,还是很好听。"

"嗯……谢谢。"

忽然间两人都无话可说。这怎么可能成功呢?每天不都有人搭上线,聊天以后约出去,恋爱以后结了婚,一切的关键都在于克服最初的尴尬、羞怯,与对方进行互动。席佛真希望自己和莉莉现在都喝醉了。

"我真的不擅长这种事……"

"和你聊天。"

"很多人都不擅长和我聊天,你去看看我爸妈就知道了。"

"我应该还没有见你父母的心理准备喔。"

她苦笑一阵,望向席佛的眼睛,眼神非常认真,似乎想要看透他的心思:"这对话内容可真奇怪。"

"抱歉。"

"没关系的。"

莉莉还是凝视着他的双眼。其实这叫人很不自在,可席

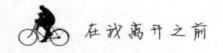

佛想的却是在他生命中极少有人会这样正视自己。他知道这或许得怪自己，而不是别人。这几年下来，他大半的自信都被埋葬起来，不知道该怎样展现。然而，此刻莉莉认真地看着自己，眼神中有聪慧，也有伤痕，羞涩之中透露着一股大胆作风，那种温度就像她的歌声一样吸引席佛更靠近。他可以感觉到莉莉内心深处的善良，以及他极欲了解和保护的温暖心灵。当个好一点的男人。他可以为了莉莉当个好一点的男人。

莉莉忽然神情一变："你知道自己把心里的话都讲出来了吗？"

席佛这才发觉确实听见了自己的声音："现在知道了。"

他与凯西在滂沱大雨中走路回家，两个人共撑一把杂货店买来的小雨伞。他搂着女儿，女儿的手也轻松地环在他腰间。骑车从旁边驶过，扬起一阵水花。凯西听着席佛重复刚才与莉莉的对话，笑得乐不可支。看着如此美丽、快乐又与自己亲近的女儿，席佛好希望时间冻结于此，他可以永远活在这一瞬间。

48

　　苦瓜脸塔德戴着黑色蛙镜、橘色耳塞,穿着红色泳衣与蓝色蛙鞋在游泳。每天早上他都要趁着人还不多、可以来回游泳之前,在凡尔赛宫的泳池游上五十个圈。装扮是花哨了一点,不过他的动作确实兼具力道与美感,与平常不起眼的模样大相径庭。

　　杰克、奥利弗和席佛坐在泳池旁边,默默无语地看着塔德。太阳刚从大楼后面窜出来,很亮、很晒,这段时间在泳池旁不会有别人,塔德来回游泳的模样则像是个钟摆一样,引得他们进入催眠状态。

　　"我得癌症了。"奥利弗忽然宣布。

　　杰克与席佛转头望着他。

　　"该死!"杰克叫道。

　　"什么癌?"席佛问。

　　"直肠。"

　　"这可以医治吧?"杰克也问。

　　"医生保守估计是还蛮乐观的。"

"什么时候发现的?"席佛说。

"六星期前。"

"什么?"杰克很讶异。

奥利弗只是看着席佛笑道:"没办法,风头被你抢走了。"

"抱歉,我不是故意的啊。"

"你得癌症都差不多快两个月了,居然没告诉我们?"杰克有点恼怒。

"已经在做化疗了,想先看看效果再说。"

"那效果怎么样?"

"肿瘤缩小很多,现在医生建议动手术。"

杰克靠着椅背,一副受够了的表情:"去你的,你们一个一个都想先走,就是要我自己留在这守着狗窝对吧?计划得逞啦?"

奥利弗笑了:"我可不是这么计划的喔。"

"那你的计划是?"席佛问。

三个人又一起望向泳池,苦瓜脸塔德在另一端做了个完美无瑕的自由式翻转,然后再朝一头游过来,动作流畅至极。席佛在心里感叹着:大家在进入凡尔赛宫之前,都过着很不一样的日子吧。

"在动手术之前,"奥利弗说,"我想看看孩子们。"

席佛、杰克交换了一个眼神。奥利弗以前很少和他们提关于孩子的事情。

"他们人在哪里?"席佛问。

"女儿都住在西部,儿子在泽西。"

杰克点点头,站了起来:"好,我来开车。"

奥利弗抬头："啊？现在去吗？"

杰克低头看着两人，开始套上衬衫："择日不如撞日，你们两个都不知道什么时候会忽然断气，我现在连和你们走在路上都觉得毛毛的，好像这种事情会传染一样。"他往大楼里移动，"二十分钟以后在大厅集合。"

两人看着他的背影。"我说啊，"奥利弗叹道，"他应该是真的这么想吧。"

席佛笑了起来，奥利弗也跟着笑了。泳池里，苦瓜脸塔德又翻了一圈，而这世界也不知道已经翻了几圈。

奥利弗的儿子叫托比，他住在泽西海岸的长枝镇上，一行人花了大概两个半钟头才抵达。今天天空无云，而且因为下过雨，所以空气也很清爽，非常适合乘着杰克的敞篷车出游。尽管上路的目的并不是很阳光，他们还是下意识地把这次当成单纯的兜风散心。凯西也跟着一起去，她和爸爸一起坐在后面，脸朝着太阳，闭上眼睛，用手机播歌来听。席佛也很放松，膝盖顶着杰克的驾驶座椅背，享受着翻过挡风玻璃后轻轻拂着他脸颊的微风。

风尘仆仆地到了长枝镇，奥利弗却找不到正确地址，所以他们又开车绕了几圈；这个社区很安静，房屋设计的风格很悠闲。奥利弗试着找出熟悉的地标，杰克则说不如将地址输入 GPS 试试看，可是奥利弗打定主意要自己找到，不愿意借助卫星导航，仿佛想要借此否认将近十年没与儿女联络的事实。努力一阵之后，他不得不放弃，从手机通讯录找出地址，脸上写满挫折。

转了两个弯，他们停在一间看来宽敞舒适，还有 L 形附属建筑物的房子前面，后院过去大概四百公尺就是沙滩，所以能够欣赏海景，相当有度假风情，令人整个心情都放松下来。奥利弗吹了声口哨，印象很好的样子。

"整修过的乔治亚建筑，有五间卧室、三套半卫浴，全新翻修加上海景。可真是高级。"

"你儿子是做什么的啊？"席佛问。

"写童书。"

"看样子应该很有才华。"

奥利弗望向车外，身子忽然一软："我身体怪怪的。"

"你本来就生病了吧。"杰克说，"不就是因为这样，我们才开车来的吗？"

"不是那个意思……"奥利弗说完，马上开了车门，呕吐在人行道上。

"来真的啊，奥利弗。"杰克别过脸。

凯西靠过去拍拍奥利弗的背。席佛看了有点讶异，毕竟女儿其实根本不算认识奥利弗，但却对他这么温柔，于是喉咙有点哽咽。

"根本不该来的。"奥利弗重新靠回椅子上坐好，手里拿着纸巾擦拭嘴角，"该回去了。"

凯西望向席佛，眼神像是要他介入。

"你不会是认真的吧。"杰克问。

"抱歉，"奥利弗依旧脸色发青，"但这真的是个错误。"

"胡说八道！"席佛忽然大叫。

杰克与奥利弗吓得转头一看，显然很不习惯听这朋友展现出气魄。

"这哪是什么错误。要谈错误的话,好几年前就已经造成了。大家都犯了错,也都一直在付出代价,可是代价总该有还清的一天。我不知道你和儿子之间究竟出了什么问题,但是不管你犯过什么错误,总不会比我还要对不起凯西。"

"我睡了他的未婚妻。"

席佛听了哑口无言。至于杰克与凯西本来就没说话,现在更不知道要说什么好。

"奥利弗,你真浑蛋!"杰克好不容易开口,"席佛难得正经八百要说教,你干吗吐槽得这么用力。"

"对不起。"

"但我要说的还是不变,"席佛继续说下去,"不能被过去的错误给局限了。你已经为这个错误赎罪很久了,孩子终究还是得有父亲的陪伴。假如你儿子坚持同样的选择,那就是他自己造成的悲剧。然而身为父亲,你还是有义务给他选择的机会,不应该自己帮他做决定。"

奥利弗看着席佛好一会儿,又转头望向那栋大房子。

"他可能会破口大骂,要我快滚。"

"要是他这么做,至少你知道自己努力过了。"

奥利弗缓缓点头,再度打开车门。

"祝你好运。"凯西说。

三人望着奥利弗踏过那长而迂回的步道,走到大门前。

"他发现肿瘤六个星期了,却都没告诉我们,你相信吗?"杰克摇摇头,"这家伙究竟哪里有毛病?"

"你们大家都有同样的毛病。"凯西看着奥利弗按下门铃。

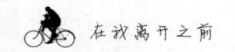

"什么毛病？"杰克转头望着她，但凯西没讲话，不打算解释她那句话是什么意思。

　　前门打开，应门的是一个穿着运动衣的瘦高女性，旁边站了一个小男孩。奥利弗看着男孩，一下子说不出话。女人开口了，但奥利弗的视线却无法从孙子身上移开。他也说了些什么，男孩回应，他又凝重地点头。

　　女子探头望向杰克、席佛与凯西这里，三人微笑，轻轻挥手问好，对方也回应了——看起来态度算友善吧？不过她随即进屋，留下奥利弗与孙子站在门口。片刻后，一个穿着卡其裤与T恤的结实男子露面，想必他就是托比了。父子俩相当神似，连秃头的形状也一样。父亲与儿子互相打量了一阵，接着托比学妻子先前那样，引颈望向车上三人，他们赶快又挥挥手。但是托比并没有回应。这时，杰克忽然拉了排挡，轮胎发出尖锐的声音，车子离开人行道。席佛与凯西的背往后摔靠在椅背上。

　　"杰克！"席佛大叫，"你搞什么？"

　　杰克一边驾车高速奔驰离开，一边大叫着对抗引擎噪音："只要他没有车可以搭，他儿子就不会浑蛋地赶他走了啊！"

　　席佛心想，这次杰克可能说得对。

　　杰克将车开到沙滩，从后行李箱翻出几条大毛巾。席佛则到旁边的摊贩买了三明治与汽水，一边看浪、一边吃中餐。虽然是平日，这海滩人却不少，或许是因为大家都意识到再过几周夏天就结束了。席佛看着凯西面朝着风，将头发往后收拢，绑成小马尾，心里又是一阵疼爱与遗憾。像这样带女儿出来兜风、赏海、看电影，明明应该是很简单的事情啊。又不是他忙着环游世界。他人就在这里，却与女儿分得那么开。

他躺下来闭起眼睛，试着排解这种自怨自艾的情绪。

"别死在这儿啊。"杰克见状说道。

"我尽量啦。"

后来席佛与女儿背对着太阳，赤脚踏着浅滩散步。凯西撒了些面包屑子出去，马上就被低飞盘旋的海鸥叼走。

"我和杰瑞米做了第二次。"她忽然说。

席佛望着女儿，女儿望着前方。其实凯西很注意他的反应，只是不肯看他而已。对自己父亲说这种事情该很怪，但两人之间常出现这种奇怪的氛围，也就不差这一次了，而且波浪拍打声仿佛稍微磨掉了对话的锋锐处，营造出一种比较安稳的气氛。

"就在欢送会那天晚上，你和妈过去之前。我本来去是想告诉他怀孕的事，结果却又和他上床了。"

"我有猜到。"他想起那时候女儿和杰瑞米一起下来，动作和神情都不太自然，"你觉得自己为什么会这样做呢？"

席佛本来担心自己这么问，是不是会变得像心理咨询一样，不过看女儿认真思考的模样，他想这问题应该问得没错才对。"我猜我只是希望自己还是个普通的十八岁女孩吧？我希望能感觉自己其实没有怀孕，可以继续玩，可以与第一次上床的对象在暑假保持那样的关系。"

"可以理解。"

"嗯，不然的话，我会觉得这个暑假好像被我搞得很糟

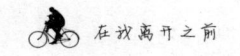

糕。"

"还有很多个暑假。"

"很多个?是要我去找很多男人吗?"

"你知道我的意思。"

她笑了笑:"你觉得奥利弗的儿子会不会原谅他?"

"我不确定。不是每个人都像你这么宽容。"

"说得好。"

"谢谢。"席佛说,"谢谢你一直没有放弃我。"

"嗯?我放弃很多次了啊。"她拉起父亲的手,"只是没有坚持到底而已。"

席佛微笑着,与女儿一起闲适地走向海滩另一边,父女俩心中既没有计划,也没有目的地。

他们回去接奥利弗的时候,他已经与托比坐在前院,孙子也窝在他大腿上,旁边还多了另一个年纪稍大一些的男孩。

"看来状况很好嘛。"杰克说。

他们看着奥利弗起身,很舍不得地将孙子放下,转头与托比交谈几句,气氛似乎仍有些僵硬,但两人握了手。接着,奥利弗有些迟疑地伸出手,轻轻拍了下儿子的肩膀。那动作看起来很别扭、很笨拙,席佛非常同情他,明白曾经有裂痕的感情,现在连表达都变得如此勉强。

奥利弗又蹲下来抱抱两个孙子,比较小的那个还抓着他亲了下脸颊。直到上车了,还可以听见小朋友尖细的声音叫着:"爷爷,再见!"

他钻进车里后,杰克发动引擎。"所以,"他问,"还好吗?"

"至少没被轰出去。"

"一步一步来吧。"

奥利弗点点头,回头眺望渐渐远去的郊区景色。车子外的景色逐渐被商场、红绿灯取代,然后上了花园洲大道。四个人都很安静,杰克的敞篷车行驶着,风声从耳边掠过,仅有奥利弗肩膀偶尔的微颤泄露出他正倚着车窗哭泣。

从纽华克北边的休息站再出发时,杰克问起奥利弗动手术时儿子会不会去探望。

"他不知道。"奥利弗说。

杰克转头看着他,一脸不可思议:"你没告诉他要动手术的事吗?"

"没想到。"

"那得癌症呢?你有说吗?"

"我不想控制他。"

杰克一个紧急刹车,大伙儿都往前一跌,然后他就这么转头看着其他三人,完全无视于车子就停在出口斜坡中间:"我要正式告诉你们,你们两个处理生病的态度实在消极得太夸张,一个不愿意接受能救自己一命的手术,另一个不愿意将身体状况告诉朋友与家人。我的老天!"

后面另一辆车子鸣了喇叭,气愤地转弯绕过他们。杰克从驾驶座上站起来,向对方大骂粗口。

"别激动,杰克。"席佛说。

"去你的不要激动!"杰克还是很火大,"去你的什么主动脉剥离!去你的什么鬼自言自语搞得大家神经兮兮!"

"杰克……"奥利弗才开口，又一辆车按喇叭，然后快速绕过。

"奥利弗，你也一样！"杰克越说越暴躁。"你什么癌症和父子恩怨，还躲躲藏藏地不肯说哩！拜托，你都五十几岁了，怎么还那么幼稚！"他瞪着两人大半天才坐下来，然后直视前方，一脸不悦，"我自己有个老诅咒我死掉的前妻，加上一个从小被灌输爸爸是'敌人'的八岁儿子。"他继续说。"我根本没有家人了。他妈的你们几个就是我的家人。相信我，我很清楚这听起来多可悲，但我也没得选择。我真是受够了你们一个一个这么随随便便死了也无所谓的鸟样子，死掉这种事怎么可能这么轻松！如果你们两个只是因为懒得像正常人一样好好照顾自己，所以就乱死一通的话，我保证以后一定每星期去你们坟墓撒一泡尿。"

他还用力点头强调自己的决心，然后坐下来发动车子上路。

过了一会儿，他忽然开口说："抱歉。"

"不用道歉啦。"奥利弗回答。

"讲得很精彩。"席佛附和着。

"真的吗？我还以为说要去坟墓上尿尿有点太过分。"

"不会啦。"席佛说，"还好。"

"你确定？"

"嗯，没关系的。"

"其实那只是个比喻，你知道的。"听杰克这么一说，凯西明明眼中含着泪却大笑不止，就这么笑了足足半里的路程。

49

今晚心情很复杂。

席佛又看见星星了。不是真的星星,只是一堆光点,就好像空气里飘浮着亮片,从他介于杰克与奥利弗中间的吧台位子开始,身边每样东西都闪闪发亮。还有,他正在喝第三杯波本威士忌,没加冰块。

以前他就不爱喝啤酒,觉得味道太淡了。他一直都喝波本威士忌,也一直都不加冰块,但几次差点闯祸之后,他知道第三杯以后得加水稀释。三杯诺亚磨坊（Noah's Mill,威士忌品牌之一。）下肚之后会觉得整个身子暖起来,世界开始晃动,像是有人稍微调整过房间里的重力那般。

这是心情复杂的原因之一。

另一个原因是莉莉就在酒吧角落那个随意搭成的舞台上,她坐在一张凳子上,拨动吉他琴弦,以感性歌声吟唱着佩特·班纳塔的《彼此相属》。除了好听以外,席佛还觉得有些奇妙。他是受到莉莉的邀请而来——当他在书店里尴尬地退开之后,莉莉向他提出了邀约。

"明天晚上我会去骰子酒吧驻唱。听众一直没有很多,

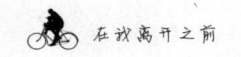

不如你去听听吧。"

　　看似随兴、并不强迫的邀约，席佛却很感动，也能察觉到对方的用心。所以他来了，满怀着期望，同时也很气自己干吗要有期待。每次有期盼都会受伤。

　　此外，这个晚上还增添了一个不稳定的因素。杰克有个私生子艾米利欧，他的母亲米兰姐就在这儿负责吧台区的服务，看见杰克出现，她自然不太高兴。可真是冤家路窄啊，席佛在心里叫苦。而杰克也没让人家好过，那双眼睛从啤酒杯后头紧盯着人家不放。

　　奥利弗也跟来了，倒不是要给席佛什么鼓励支持，而是经过十年终于和儿子第一次重聚，也首度见到两个孙子，所以他得喝一些酒来压住心里的痛苦、恐惧和希望。

　　狄妮丝这个周末就要结婚了，而这日期在席佛脑海里挥之不去。他不知道这对自己究竟是好还是不好，也不知道这会将人生导向正途还是将他彻底推入深渊。

　　总之，就是很复杂。

　　时间好像也扭曲了，时慢时快，没有规律或节奏。莉莉唱完了佩特·班纳塔的歌，接着又唱起克利丝·海蒂的歌，不过一下子就唱完了，席佛也不太记得自己听过那首歌。然后她开始弹奏黑乌鸦合唱团的《她与天使说话》——不知道为什么，全国各地酒吧的现场吉他演奏都一定要有这首歌。他听见每一个音符，仿佛看见和弦在身边的空气中形成一道又一道的色彩，不停闪耀变幻。

　　"某些人在的时候，她从不提起上瘾这两个字。"

今晚她放下头发，这是席佛第一次看见她这模样。而且莉莉还上了一点妆，稍微打扮过，套了一双快到膝盖的靴子。席佛看得心荡神迷，忍不住在心里对上帝、对自己、对任何经过的神秘力量祷告，希望这一晚可以开发出最基本的社交能力，或是从人格深处已经被遗忘的角落找回一丝丝魅力。其实他并不知道自己以前什么地方讨人喜欢，只是觉得自己总该有过那么一些些可爱之处。

"等你见过她的家人，她会说自己是孤儿。"

莉莉的声音高亢却轻柔，穿越了席佛耳里那片嗡鸣，翩然落在心田上。空气中的闪烁使得一切如梦如幻。这时，奥利弗又接过另一杯酒，杰克则悄声骂着米兰姐。

"你到底想说什么？"米兰姐直接上前问，语气带着微微怒气，似乎打算动手。她个头不高，有着咖啡色的皮肤，骨架娇小，包覆着那张脸的茂密头发就像是一圈鬃毛。她在吧台后方移动着工作的样子很利落，一方面可以回避酒客无聊的搭讪，却又能同时以爽朗笑容和低胸无袖、用亮粉红色字母写着店家名字的T恤争取到小费。不难想象当初杰克为什么受到吸引。

"没事，没想说什么。"杰克留了显然太多的小费在吧台上，"麻烦再一杯啤酒。"

"有人找你麻烦？"吧台另一头有人这样问。他们一同望过去，发现是个将近三十岁、却像20世纪50年代的人一

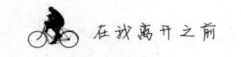

样涂着发油的男子,T恤底下的肩膀与二头肌非常结实。

"她是我孩子的妈。"杰克朝对方说。

席佛看着莉莉唱歌,看得出了神。说来荒唐,他感觉到这份爱与温柔在心里满溢。然后忍不住开始担心自己会不会又中风了,但随即想起其实他第一次在书店见到莉莉唱歌时就心动了,而那可已经是一年多以前的事情。都活到这把岁数,他当然清楚男人,或者至少像他这样的男人,确实有可能就这样陷入情网中。席佛在她身上看见了某种东西——从她浅浅的微笑,从她在每句歌词中间睁开眼睛望向吧台后面的神情,从她那飘着淡淡忧郁的歌声,从她所选择的歌曲中,他感应到了某种东西。席佛并不真的认识她,但却又很了解她。

"你闭嘴。"杰克说,但席佛很肯定根本没有人对他讲了什么。

"别激动。"他听见自己开口。

"彼得和麦斯。"换奥利弗说话,他聊起了两个孙子,"麦斯看起来跟托比在那个年纪时一个样——"

对话混在一起。

"我只是想和你说几句话。"杰克说。

"不骗你们,他们简直是一个模子印出来的……"奥利弗还在回忆。

"闪开,杰克,我可不是在跟你开玩笑。"米兰妲的声音传来。

"不过托比的样子倒是比我想象中老一点。你觉得他看起来是不是有点超龄?"奥利弗问。

"你以前不是很喜欢和我开玩笑吗?"杰克回应道。

"别发脾气啊,老兄。"席佛劝道。

莉莉的歌声继续传进席佛脑海里。虽然并不完全确定是什么原因,但他觉得这首歌非常适合她。

"闭嘴。"

"两个男孩呢,都生得那么可爱。"

"去你的!"

"随你便……"

席佛没办法一心多用到这种地步。他酒量从来就没有好过,也因为自己喝不了那么多,所以也对酗酒的人反倒有些钦佩羡慕,感叹自己才三杯就头晕了,根本没办法像别人那样豪气地不醉不归。此外,酗酒的人或许问题不少,但至少不是欠缺喝下去的勇气,就这一方面来说,他觉得自己还比不上人家。

舞台上,莉莉弹起另一首歌,席佛起初听不出那旋律到底是什么,后来轻柔的贝斯陪衬着吉他,然后莉莉开口唱了,他这才意识到原来是《支离破碎》。虽然是席佛自己写的歌,但他没想过可以改编成这样简单优雅的风味,所以很讶异莉莉居然给了这首芭乐歌全新的面貌。是这首歌原本就有如此潜力,只待有人发掘,还是莉莉赋予了这首歌全新的生命?席佛顿时觉得这对他来说是人生中重要的课题,影响深远,但自己居然醉醺醺还耳鸣,心情紧张又失落,发现自己好像恋爱了,却又怕得要命,还没有想出自己该怎么办。

唱完以后,莉莉在一阵掌声中站起来。她的表演时间结束了。席佛思索着其中是否有某种意义。他等着莉莉带吉他下来,而莉莉看见他好像也没有太讶异,这应该是个好迹象。

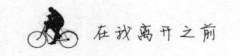

"唱得很棒。"他说。

莉莉笑了，垂下视线看着自己的脚好一会儿："我还以为你会说改编得太烂。"

"所以你真的知道我是谁啰。"不知为何，席佛有点慌了手脚。

她抬起头，表情好像是以为席佛在开玩笑，随即又意识到他没有，于是微笑着说："想不到你这么谦虚呢。"

"还好吧。"

"谦虚的人总是会这么说啊。"

席佛望着她，觉得莉莉不只是外表好看而已，她似乎经历过很多挫折，却没有被击溃，或者说很少放弃，又或者她也妥协了，却可以用幽默的态度去面对。日子久了就知道了吧。现在席佛可以感受到的是她内心的那股善良，像光芒那样散发出来。

当然，她也真的很漂亮。

"感觉上你是心地善良的人。"

她又笑了，表情带点讶异："你对女孩子似乎有点词穷？"

"我想是吧。"

莉莉与他视线交会，然后两个人仿佛都顿住了。对双方来说，这都需要一点勇气，席佛觉得心情悬在半空中，周遭的空气好像飘着妖精洒下的磷粉——不知道莉莉是不是也看见了呢。他们之间有什么东西酝酿着，席佛知道自己可以在这时说出某些句子，让两人跨越陌生人的门槛，与莉莉变成另外一种关系，而他愿意付出一切去交换那些句子。然后，那些句子自己浮现了，席佛忍不住笑了起来，他知道自己该怎么说，而莉莉也会听进去，宇宙将彻头彻尾地永久改变。

然而，杰克却在这时候对着吧台旁边的肌肉男挥出一拳，场面小小地失控了。

这年头大家对无聊的酒吧斗殴已经没什么兴趣，所以事态很快就平息了。虽然对手年轻力壮，但杰克有席佛这个帮手。席佛上前想要将他们隔开，结果受到波及，被他们往吧台重重一推，跌坐在地上，眼前一阵金星乱转。接着，一旁传来推打叫骂声，在混乱之中，他忽然看到莉莉的脸庞就在面前，她嘴角扬起，笑了起来。

"也太快了吧。"她说。

"高手总是很快结束战斗。"

她听了立刻大笑，样子很可爱。席佛抬头望去，那眼神让莉莉露出好奇的表情："怎么了？"

"我想吻你。"

莉莉抿嘴一笑："时间点好像不太对吧。"

他注意到身后传来杰克被拖出去的连珠炮谩骂。

"等你听完故事，"他说，"时间点就对了。"

"还有故事？看样子你计划很久了？"

"这可能是我最后一次和人接吻。"

"嗯，你快死了吗？"

"也许，还不确定。"

莉莉望着他，眼神很认真，似乎想了解连席佛自己都不太明白的内心深处。她这份单纯诚恳令他大为感动。

"好吧，"她说，"那我想你最好赶快行动。"

莉莉伸出手拉他，席佛爬起来之后，觉得整间酒吧旋转了整整一分钟才静止下来。他看着莉莉，知道莉莉也寂寞很久了，只有两个同样寂寞的人才能辨识出来——在每个难以察觉的神情边缘，透露出太多次一个人的晚餐、一个人的电影，太多时间消耗在没有意义的自我对话、无法重来的过去。这是一个等待爱的人啊，他心想。

"我喜欢你。"他说。

"这可能会带领你走向坟墓哦。"莉莉调皮地笑道。

"你不知道自己说得有多正确。"席佛将她拉过去，动作像个十足有自信的男人，接着嘴唇贴了上去。莉莉的唇很快地沦陷了，像是投降，也像是被征服，而席佛心中盈满了多年来没有感受过的甜蜜欲望。结束之后，酒吧又旋转了一分钟才静止下来。

然后他又吻了一次。

他曾经爱过一个女子，并没有什么特别理由，而是由很多微小因素加在一起。这就是爱吧？上百万个不知名的原因在正确的时间以正确的方式结合起来，如同所谓的灵感，也如同整个宇宙的结构。相遇之前，他已经爱上对方了，不过这件事情并没有表面上那样浪漫，因为对某些人来说，远远地爱着一个人才是自然。后来他们终于相识，在闪着光芒的空气之中，女子的笑容使他身体深处涌现出一股温暖。他带着她回去了——两人并没有就此多作讨论，似乎双方心里都知道那就是目的地。他们的性爱也很美好，兴奋而亲密，带着一丝尴尬与害羞。他们花了不少时间摸索彼此。结束以后，他们躺在床上互相低语，细数浮现心头的往事，一一忏悔告解，这是只有陌生人才有办法做到的相互坦诚。到了早上,她换好衣服准备离开,吻别以后,他心头悸动,明白两人依旧是陌生人,而他还想不出这辈子要怎样跨越那道鸿沟。从零开始一段关系是如此复杂庞大的挑战,光是想想就已经令人失去坚持下去的意志力。然而……

虽然仍是陌生,虽然交谈变得如此吃力,虽然她匆匆离去,虽然他也想要独自面对心中的恐惧,但那感受多年来未曾有过,热力在胸口荡漾开来,盈灌全身。他知道自己很有可能还是默默在心中爱这女子,却不再与她见面,直到生命结束,但那股庞大的情感能量却是毋庸置疑的证据,早在许久以前就该出现,证明他千疮百孔的心其实还有活力。

50

苦瓜脸塔德要回家了。

席佛、杰克、奥利弗坐在凡尔赛宫的大厅,看着塔德与两个行李员将东西不断搬到外面那辆专业搬家卡车上。好几个人跑过来看热闹,大家都是内心诧异,但讲话很刻薄。

复合,这应该是不可能实现的梦啊。

"她真的重新接受他了。"杰克说。

"偶尔也是会发生的。"奥利弗说。

"她要的不是老公,只是帮手而已。你们又不是没看到那两个小鬼什么德行,对吧?"

"说不定她想念塔德。"席佛说。

杰克瞥向他,眉毛一扬:"昨天晚上又辛勤劳作了呀,脑袋就会不清楚。"

席佛露出微笑,不知道该怎么反驳。的确,他每次闭上眼睛都会看见莉莉的笑脸,甚至嘴里、鼻子里都是她的味道。

"看来你昨天晚上是被人轰出场了。"

杰克眼睛下面有伤口,指节还缠着绷带。

"什么话，我可是跟他势均力敌。"

"和那位小姐处得如何？"奥利弗开口问。

"还不错。"

事实上，席佛连对自己都不想承认，他根本无法描述究竟是多棒。总而言之，至少的确有什么在发生，而只要"有"，就比起这七年的"没有"要好得太多。

苦瓜脸塔德推着装有电脑的推车穿过大厅。席佛想象着他要回去的家，感受着那里弥漫的重生气息，也真心为塔德感到高兴。

"不出一年就会再回来了。"杰克说。

"杰克，你闭嘴吧。"奥利弗说，"至少让他今天可以耳根清净。"

"看样子不能再叫他苦瓜脸塔德啰。"席佛说。

东西都搬完了，一小群人围上去与塔德道别，席佛、杰克与奥利弗也凑过去与塔德握手，要他多保重。塔德说希望大家保持联络，但他离开时并没有回头看大厅，没有感伤地驻足，也不愿意多吸一口这里低迷的空气。他就这么走上马路，卡车发动了，扬长而去。

苦瓜脸塔德离开这栋大楼，谁也不会再看见他。过不了多久，他会被众人遗忘。生命就是如此吞噬人类的。

51

　　步调加快了。他的时间恐怕不多。比起之前,他更容易晕眩,而且有时候明明人在某个场所,或者正与谁对话到一半,却无法想起自己怎么会在那个地方。席佛知道这代表大脑血流不正常,主动脉的小血栓就如同显微镜底下才看得见的小子弹一样,全射向他的脑部,而他的大脑就像刚经过枪战的建筑物外墙那样遍体鳞伤。

　　上一分钟他才与莉莉道过再见,下一分钟他就看着曾经被叫做苦瓜脸的塔德离去,接着他忽然出现在淋浴间,然后已经出来要与凯西共进晚餐。父女俩来到卡鲁齐意大利家庭餐厅,就在几个街口外而已,可是他不记得自己有订位,不记得自己有移动脚步走过去,可却已经出现在里面,连汤都喝完了。他点的是蔬菜汤,女儿的则是马铃薯洋葱汤。凯西的头发才刚吹整过,看起来美丽得让他都快心碎了。

　　"所以,爸——"

　　"嗯。"

　　"那个女的,那个歌手。"

"莉莉。"

"嗯,莉莉。状况怎么样?"

"很难形容。"

"会再和她约会吗?"

"希望会。"

"好吧,记得要通知我最新进度。"

"好。"

凯西靠着椅子,端详他一会儿,"你今天看起来好像有点沮丧。"

"没有呀。"

"不然是怎么回事?"

他想了想:"只是在等待。"

"等什么?"

"看接下来会发生什么吧。"

听了以后,凯西若有所思地舀着汤,显然正考虑着有些话到底该不该说。"你知道吗?"她还是开口了,"有些人不会等待接下来发生什么,而是自己去决定想要发生什么,并且努力实现。"

席佛苦笑,突然察觉到自己或许没有把智慧传承给女儿,但好歹也让她透过观摩自己的愚行而成长了。

"你说得很对。"他回答,"我想如果我是那样的人,很多事就会不一样了吧。"

"我和你一样。"

"你和我完全不一样。"

"一样啦。我也等着宇宙帮我做决定,但结果呢,宇宙

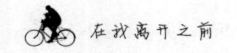

忙着做其他更有意义的事。"

"你什么时候变这么聪明了？"

她耸耸肩："在破碎家庭成长的小孩需要自立自强啊。"

席佛忽然发现自己的汤怪怪的，专心品尝，过了一分钟以后，他终于明白问题出在哪里。自己根本尝不到汤的气味。席佛又去舀一勺凯西的汤来喝，还故意吃下侍者放在汤上面的大蒜面包结，但仍是什么都感觉不到。他的味觉消失了。

"怎么了？"凯西察觉到异样，紧张起来。

席佛摇摇头："没事。"

他真的快死了，生命一点一滴流逝，甚至自己都感觉得到身体里的变化，有许多小小的迹象显示他的生理机能正迈向终点。

"爸？"

她无意间又叫了席佛爸爸。无论何时，她的叫唤都能使席佛喉咙哽咽。

"怎么了，宝贝？"

"你不接吗？"

"接什么？"

"你的手机。它正在响。"

其实他几乎不带手机出门，因为手机通常也不会响。席佛把手伸进口袋取出手机，确实在响，尖锐的音调与他耳朵里的嗡鸣声差不多，这也是他没听见的原因。看了看手机荧幕，显示出的号码居然是他不知道的。

"你到底接不接啊？"凯西问。

"我不知道是谁啊。"

"按下去不就知道了。"

席佛点点头,接了那通来电:"哈啰?"

"我也喜欢你。"是莉莉的声音。

下一刻,他却身在医院中,与杰克、奥利弗坐在一个小房间里面。奥利弗坐在皮制躺椅上,手臂上插着点滴,正在进行最后一轮化疗。

"我还是不敢相信你居然都自己过来,一直没告诉我们。"杰克说。

"苦瓜脸杰克什么都要凑热闹。"奥利弗朝着席佛眨眨眼。

"去你的死癌症大叔!"杰克骂道。

自从塔德离开之后,他们一直叫他苦瓜脸杰克,他被叫得很不耐烦。

"什么时候动手术?"席佛问。

"下星期。"奥利弗回答,"说真的,你也可以下星期一起动手术,这样我们可以在楼上共用一间恢复室。"

两人一脸期盼地望着他,但席佛还没心理准备多谈这件事。"狄妮丝今天晚上结婚。"他岔开话题。

"啧啧。"杰克发出怪声。

"前妻结婚的日子确实会带来心理创伤。"奥利弗说。

"到了第三任前妻都还是这样吗?"

"你闪一边去,苦瓜脸杰克。"

"再那样叫我,我就在你的点滴瓶灌个气泡进去。"

"你要去参加婚礼吗?"奥利弗问。

"不去。"

"为什么不去呢？"

"你问为什么不去是怎么啦？"杰克接口道，"难道你那么多前妻再婚，你都去吗？"

"是没去，但那是因为她们讨厌我啊。"

"真不知道她们为什么讨厌你哦！"

"我没有受邀。"席佛说。

两人同时望着他，让席佛觉得自己是不是透露太多了。

"不去前妻再婚的场合可以有很多理由，"杰克说，"但这个不算吧。"

奥利弗摆出一副智者的模样点点头："这次苦瓜脸杰克说得对。"

"苦瓜脸杰克会把那包化学药剂塞进你屁股里，让你连大便都会发光！"

席佛笑了起来，从这些年陪伴自己度过孤单寂寞的两位老友身上感受到深深暖意。

背后忽然有些动静，传来男人清喉咙的声音。三人转头，看见是奥利弗的儿子托比站在走廊上。

"嘿……"托比开口，"没打扰你们吧。"

奥利弗脸上的神情前所未见，他张开嘴巴，想要说什么却又没有发出声音。

时空跳跃到席佛打开住处大门的当下，他一进去，便看见父亲穿着最体面的西装在里面等候。

"回来啦。"卢本说，"去换衣服吧。"

"你说什么啊？"

"我要去主持婚礼,可不能迟到。"

"我没有要去。"席佛说。

"你当然得去,你答应过我要参与人一生中的各种重要仪式。"

"爸,我根本没被邀请啊。"

"难道前几次你有被邀请吗?"

"这不一样。"

"没什么不一样。"卢本靠在门框上,"她看见你出现也只会高兴而已。"

"我觉得你对女性的认知有根本的错误。"

"一个离婚的男人,居然对快要庆祝结婚五十周年的丈夫说这种话。"

席佛冷笑:"那只不过证明你了解某个女人而已。"

"那代表我至少比你多了解一个女人。你快点给我去换上晚礼服,再不上路就要来不及了。"

于是,席佛站在伦尼斯会馆的外面。这间餐厅很大,还有个封闭的庭院,今天被包场举办婚礼,透过窗户可以看见里面人来人往,很是热闹。凯西走了出来,她身上穿着一袭暗红色礼服,踩着高跟鞋,这打扮让她看上去成熟不少,席佛过了片刻才认出是女儿,也不由得觉得自己真的老了。

"你来了!"凯西的神情很高兴,挽着他的手臂进去,但席佛的腿却不肯移动。

"我不太确定该不该来。"

女儿转头看着他,飞快在他两颊吻了吻:"那就确定一点。"

52

在婚礼正式开始前有一场鸡尾酒会。李奇今天穿了燕尾服搭配白领结,与一群男士站在靠近吧台的地方。席佛看着他与朋友谈笑风生,猜测他们应该都是医生吧,但想想好像未必,说不定还有金融业或科技业的老板之类,总而言之,他们个个看来都来头不小,衣着、发型都很讲究,于是他便下意识往反方向移动。

"你想去哪儿?"凯西问。

"我不觉得他会想见到我。"

可惜李奇已经看见他了。本来脸上的愉悦确实有点收敛,不过并不特别气愤。李奇向高尔夫球友说声失陪——其实那些人会不会打高尔夫球,席佛也不知道,纯粹是自己的想象——然后直朝席佛与凯西这儿走过来。

"好吧,"席佛叹道,"冷静点。"

"我很冷静啊。"

"我是叫我自己冷静。"

"没关系的,爸,他不会在自己的婚礼上把场面弄得很难看的。"

"我每年在六七十场的婚礼中打鼓，相信我，真的可以很难看。"

凯西挽着他的手："放心，有我保护你，你只要忍着别说蠢话就可以了。"

"你真的认识我吗？"

凯西哈哈大笑，这时李奇也已经走到两人面前，手里还拿着一杯威士忌。"嘿，亲爱的，"他亲了一下凯西，"你今天很美。"

"谢啦。"

席佛主动伸出手："恭喜你，李奇。"

李奇犹豫的时候足以令席佛焦虑起来，但最后两人还是握手了。"鼻子还好吧？"

"没事。那你的手呢？"

"也没事。"

席佛忽然看向凯西："我想你妈应该会想要你过去帮忙。"

凯西有点迟疑："待会儿再过去看她就好。"

李奇笑了："没关系的，席佛和我不会怎么样的。你说对吧？"

"这点你比我清楚。"席佛回答。

凯西一脸挣扎，但最后还是点头了："好吧，那你们两个安分点，知不知道？别闹事啊。"

"不会啦。"李奇说。

凯西还是不安地朝席佛瞟一眼，然后才转身离去。席佛面向李奇："你可以回去招呼客人没关系。"

"你也是客人啊。"李奇说,"虽然有些意外,但也不能说我没预料到你会出现。"

"假如你觉得我在场不妥的话,我可以离开。"

"我是没有很希望你来,正常男人应该都不会希望才对吧?但是凯西很希望你在场。她不只是你的家人,也是我的家人,所以我不想让她失望。"

"你真的比我要好得多。"席佛回答,"她们有你照顾很幸运。"

"我当然比你好得多啰。"李奇的语气比自己想象中还要愤愤不平些,于是立刻深呼吸稳定情绪,"该怎么说呢,席佛……我可以忘记你和狄妮丝胡来的事情,就当作你们最后一次疯狂冲动——毕竟她要结婚了,而你可能会死。我也明白在我出现以前,你们两个之间有一大堆这辈子都化解不开的问题。我不喜欢这状况,相信我,我真的不喜欢,但我知道自己没办法改变这个事实,这点认知我还有。"

席佛点点头。李奇靠过去,直视着他的眼睛:"但你也该认清现实。我知道这和你以往做事方式不一样,狄妮丝同样得看清楚,有些事情是没办法改变的。"

"我明白。"

"你确定?"

"我确定。另外,我知道有些太迟了,但我还是很抱歉给你添了那么多麻烦。"

李奇盯着他好一会儿,然后吞下一大口酒:"以前我挺喜欢你的,席佛。现在不知道为什么,已经没办法喜欢了。话说回来,既然聊到可以改变和不能改变的话题,你真的得动手术才行。别搞得好像是我在求你一样。不管你以前失去什么,你还有家人啊。"

"谢谢,李奇。"席佛说,"我真心祝福你和狄妮丝可以幸福美满。你们应该要过好日子的。"

李奇想在他脸上找到一丝挖苦嘲弄的迹象,却完全没找到,只好点点头,勉强挤出笑容:"谢谢。"

"也谢谢你不介意我不请自来。"

"谢谢抗焦虑剂加上威士忌吧。"李奇举着酒杯后退,"帮我个忙吧?"

"请说。"

"别搞砸我的婚礼。"

席佛微笑:"没问题。"

"说真的,别乱来。"

仪式在庭院中进行,客人们排排坐好面对着彩棚①,四根白色柱子上装饰着玫瑰花。席佛与母亲一起坐在后面,汗流得整件衬衫都湿了,而且觉得自己有些醒目。

"记得呼吸。"伊莲提醒儿子。

史考特·奇的乐团开始演奏。刚才席佛在酒会上就看见他们了,也与贝普提斯特简短地打了招呼;他今天和一个小爵士乐团合作,弹奏直立贝斯作为入场配乐。音乐响起,贝普提斯特一如往常地偷渡了一段特别演出。席佛轻轻点头道谢。

演奏的曲目是艾瑞克·克莱普顿的《今晚真美》。或许

---

① chuppah,为犹太婚礼习俗,婚礼通常会在彩棚下举行。

不很特别，但确实是安全的选择。凯西踏上走道，那端庄的模样又令他泪水快要决堤。女儿回头朝他浅笑，在这一刻，席佛发自内心相信女儿以后也会过得很好。

"要呼吸。"伊莲又提醒一次。

"我有啊。"他回答母亲时音量有点大，伊莲赶紧嘘他一声。

接着，他看见李奇在前面迎接凯西，两人拥抱，吻了吻脸颊。看着这一幕，席佛又是嫉妒又是感激，同时也因为惭愧而面色涨红。作为丈夫与父亲，他觉得自己真失败，居然让这个比自己优秀得多的家伙出面来收拾烂摊子。就在他因为种种情绪而激荡不已时，所有客人纷纷站起来，狄妮丝终于要入场了。

席佛看了过去，她一身白纱好像发着光，头发梳成平常没看过的样式，亮丽的大卷发环绕着脸庞，眼睛又大又亮，如同笑容那样灿烂。他可以隐约看见粉底下被门板敲击过所留下的淡淡瘀青，那次的事件已经恍如隔世。新娘踏出第一步，席佛感觉得到自己的脸颊发烫。上次看见狄妮丝穿着这套礼服，不过是几天前的事，而她就那样软倒在自己怀中，于是他心里也冒出将她抢回来的可笑念头，以为这七年不过是一场噩梦而已。但现在看着她，神情喜悦而踏实，席佛终于深刻体会到自己根本毫无机会。宽恕能够带来慰藉，但已经失去的并不会因此得以挽回。

狄妮丝经过了他坐的那一排，席佛故意将身子往后缩，希望借此隐没在人群间。但不知为何，狄妮丝竟然停下来，转过身，两人目光仍旧交会了，他感觉自己双腿颤抖起来。

她的凝望仿佛持续到时间的尽头，接着竟然踏出走道，进了他这一排。不会吧，席佛的脑袋陷入混乱。

同一排其他人纷纷腾出空间给狄妮丝，椅子在庭院的石地上刮擦出刺耳的声响，同时席佛也听见人群中细微的耳语。

是她的前夫。

不知道，应该没邀请他。

弯雏菊，他是鼓手。

姓席佛吧。

她站在他面前。即便刚才都想清楚了，席佛还是不禁暗忖：难道狄妮丝会拉着自己往外跑吗？

狄妮丝笑了笑，将手搭上他的肩膀。"席佛。"她开口。

"你好美。"他说。

她的笑容更深了，可是眼中却噙着泪，然后将席佛拉到身前，给了他一个拥抱。这时席佛指尖最后一次感受到她背部的肌肤。

"我们需要你活下去。"狄妮丝悄声说。而席佛感觉到体内某个东西正一点一点地死去。

接着，狄妮丝回到走道上，不过席佛并不记得她是什么时候松开了手。卢本开始念诵祝福祈词，她与新郎交换了戒指，然后李奇依照犹太习俗踩碎了玻璃杯，并亲吻新娘，庭院中一时欢声雷动。狄妮丝再婚了，说穿了事情原本就是如此，一切都没有改变，可在那一瞬间，席佛却觉得自己又彻彻底底地失去她一回。

宴会渐渐进入高潮，席佛的家人都聚集在舞池里，挥汗大跳圆环舞。席佛坐在位子上看他们紧密地围成一圈,牵着彼此的手,每个人脸上都是笑容。狄妮丝、李奇、凯西,还有李奇的两个妹妹。她们的身材高高瘦瘦,长相充其量就是不丑。李奇的父母也来了,以儿女的身形来看,很难想象两老怎么这么矮。狄妮丝的舅舅雷欧也在场,或许还因为这辈子都没笑过,所以脸上没半条皱纹。卢本与伊莲似乎并没有因为新娘是之前的媳妇而难以开怀,尤其卢本的脸还朝着天花板,闭上了眼睛,他一手牵着伊莲、另一手牵着凯西随圆圈移动时,脸上那笑容极其幸福。

凯西忽然在这时踏出圆圈,往席佛跑过去,抓起他两只手:"来嘛,爸。"

她叫我爸爸。

"我觉得我还是坐着比较好。"虽然他这么回答,女儿却已经将他拉离椅子站起来,穿过在一旁随着节拍拍手的其他客人,来到舞池中间加入跳舞的行列。挪出空位给他的是狄妮丝,于是他一手牵着前妻,另一手牵着女儿,三个人一起跳着圆环舞,旋转的速度越来越快,这让席佛想到小朋友围成一圈的游戏,只不过这是加快版。狄妮丝开心地朝他笑着,掐了掐他的手。他也真心为前妻感到高兴,即便这份喜悦使他内心有点空荡荡。

转啊转的,节奏越来越急,大家的脚步尽量跟着乐团的节拍,然而席佛却还是感受到身边事物渐渐慢下来。他感觉得到凯西的手指在自己掌中,她在笑,还不时地拨开礼服上那些累赘的皱边,好让自己的脚步可以跟上节奏。席佛想起女儿还小的时候,他也会拉着她在家里转圈圈,那时候小女孩会一边叫、一边笑,兴奋得要命。现在她长大了,两个人都经历了沧桑,却还是继续旋转。

他朝乐团望去,这时演奏的是传统犹太音乐,还混合了爵士乐。贝普提斯特与自己一样,洗尽铅华退入平凡人生,不知道他后来的生活是否也与自己类似呢。可惜两人并没有好好聊过。黛娜与一个他不认识的和音站在一块儿,席佛想起她的脚趾在被子上蜷曲,两个人共度了没做爱的一个晚上。

席佛注意到父母朝自己看过来,眼中充满关爱,却也蒙上一层迷惘,因为他们搞不懂这个儿子究竟想怎么样。席佛很想告诉他们自己十分感激,也想让他们知道自己变成这样不是他们的错。他应该在舞跳完之后就对他们说才是。他们做的都没错,搞砸的是自己啊。他总是把事情给弄得一团糟。但他相信凯西不会。

接着,他又发现李奇前额汗水淋漓,发线也越来越后退,想必不出几年就要秃了,不过秃了反而会更有成熟魅力才对。席佛对李奇这样诚恳直率、单纯又容易满足的人本来有些轻蔑,如今却愿意付出一切将自己改造得与他一样,更希望自己一直以来都是那样的性格该有多好。可惜当年的他因为一夕成名而迷失了自我,等到星光黯淡后都还挥不去眼里的残影。

就在他踏着地板,转着圈圈,汗水从脸颊滑落的同时,却也在一瞬之间看见了这么多事情。接着,他不知怎的放开了凯西与狄妮丝的手,站在圆圈的中心开始逆时针自转,就好像大轮子中间的小轮子。他一边转一边流汗,一边笑又一边哭泣,他感受到身边如此庞大的爱,感受着生命中出现的人一个一个从眼前闪过,那份哀伤和遗憾化为巨浪拍打在他身上。他越转越快、越转越快,音符从二分变成四分再变成八分,双手慢慢抬起,最后高举到头顶上。隐隐约约中,他听见周围有人拍掌、有人叫好,也有人鼓噪、吹口哨,但他只是闭上眼睛继续转,感受那灯光像镭射一样贯穿他的眼睑。席佛又想起往事,他在高中时去天文台看过搭配摇滚乐的镭射灯光秀,平克·弗洛伊德与齐柏林飞船的歌曲交杂着,灯光像是要将天花板给炸开。当时有个女孩,他记得自己牵着人家的手,但却想不起来对方是谁了。他对女孩的笑容、洁白的牙齿与洗发精的味道还有印象,还记得两人将头靠在一起,他裤裆里那话儿硬了,不过大麻的效果一上来就又软了下去。

　　席佛在转动中仿佛看见自己的一生随着音乐节奏重演,所有快乐、痛苦、愤怒、欲望与爱,还有歌、性爱,以及悔恨,那些他不该转弯却转了弯的路口,应该停留却又匆匆离去的风景。这一切都必须付出代价。席佛忍不住啜泣,睁开了眼睛。他看见挑高的天花板跟着旋转,看得他头都晕了,可一会儿后,他又察觉水晶灯旁的油漆好像没涂好,形成了如同他小时候卧室那般的沙漩图案。在一切崩溃之前,席佛想起上帝,接着连自己都讶异了,因为他以闪电般的速度,发自内心地向神作了祈祷。闭上眼睛以后,他沦入耳里不肯停歇的嗡嗡声中,像是恶魔吼叫着将一切吞噬于黑暗中。

53

当他睁开眼睛时，发现自己躺在饭店的床上。房间昏暗，但晨光已经缓缓从窗户射进来。他揉揉眼睛，感觉得到宿醉，而且昨晚做了非常奇怪的梦，十分逼真，却已经在脑海中蒸发。席佛转身，看见睡在旁边的女子。狄妮丝。婚礼。他想起来了。然后微笑。

狄妮丝在旁边翻了个身，手臂从被子底下探出来，摸索着直到搭上席佛的胸口才停下来。席佛细细品味着她手的温度，同时回想夜里发生的事情。昨天是表哥布鲁斯的婚礼，狄妮丝是看来有一点落寞的伴娘，他们一起跳舞，讲了些笑话，后来便上楼到饭店房间，两人之间的做爱比想象中还要棒上很多。现在，狄妮丝睡在他身旁，他总算有机会好好看看她的脸蛋。她比他记得的还要漂亮，以这种邂逅而言算是非常难得。此外，她有一种温暖的特质，让他十分喜欢。他用指尖轻轻搔过狄妮丝的背，很喜欢这触感，温热又光滑无比，于是他忍不住又抚过一次。狄妮丝低喘着，像是猫咪喉咙发出的咕噜声，接着身子一滚靠向席佛，舒服地蜷着身体贴靠着他。

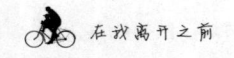

"席佛。"她半梦半醒地唤着。

"嗯？"

"帮我取暖。"

她这句话的语气深深拨动他的心弦。席佛张开双臂抱住狄妮丝，她的背抵着他的胸膛，他的唇则贴上了她的肩膀，耳朵聆听着她又浅又缓的呼吸，心里决定不会让她再觉得冷。

54

再睁开眼睛的时候,他躺在餐厅后方小办公室里的沙发上,李奇正在为他测脉搏。

"我没事。"席佛开口。

李奇听了摇摇头,看得出正按捺着脾气,或者是无奈:"席佛,你要怎么说都可以,就是不能说你没事。"

席佛坐起来,想证明李奇说得不对,也想证明自己还行。一阵晕眩袭来,他差点又倒下去,但咬牙撑住了。

"狄妮丝呢?"

"在外头。你知道的,这是她的婚礼。"

"抱歉,"席佛回答,"我不是故意的。"这句话可以用在这当下,却也可以用在他整个人生。

李奇严肃地望了他一会儿,然后叹气,表情再度软下来:"我知道你不是。"

"你先回去会场吧,自己的婚礼怎么可以缺席,我没事的。"

"凯西去帮你找点喝的来,反正我也正好喘口气。"

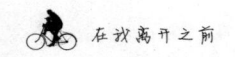

两个人沉默不语地坐了好一阵子。这间办公室小小的，除了霉味之外，还有狗的臭味，看得到的平面上都堆满了文件。席佛无法想象在这儿能处理什么公务，但回头想想，他对于办公室，甚至该说正常的工作，根本一点概念也没有吧。

"嗯，恭喜你结婚了。"

李奇嘴角一扬："谢谢。"

"我还以为我死了。"

"其实也差不多了。"

席佛苦笑。他自己也感觉得到剩下的时间不多。"这场婚礼应该有很多医生出席吧，为什么要你亲自来陪我？你应该去外头好好庆祝。"

李奇一脸不解。"因为你是家人啊。"他回道，"就算你是个大浑蛋，但你还是家人。"

席佛点点头，其实心里有股冲动想要打他。毕竟是自己前妻的新男人，无论他的品格多好，席佛这辈子或许都一直会有揍他的念头。话虽如此，席佛还是能够意识到李奇那句听似单纯、轻松的话包含了多少度量，竟这么简单就将他纳入家人的名单之中，他根本没有资格再声称自己是谁的家人才对。席佛不想受人同情，也向来会无所不用其极地避免类似的气氛，可是，他在李奇身上感受到的却又不太一样，明明自己一直做荒唐事，李奇却始终愿意当他的朋友。虽然这样形容可能会很奇怪，但不知为何，席佛真的觉得受到李奇这样的对待，好像心底会生出一线所谓的"希望"。

办公室的门开了，凯西端着杯子进来。"嘿，"她和李奇打招呼，"病人状况怎么样？"

"还会呼吸。"他在凯西脸颊上吻了吻,"你妈的情况呢?"

"还有血压。"

他们两个神秘地笑了笑。席佛明白两人之间也发展出一些默契,令他不禁感到失落。

"我过去看看她。"说完,李奇又对席佛说:"原本我们明天要去特克斯和凯科斯群岛度蜜月,不过,假如你答应明天动手术的话,我很乐意往后挪一两天。"

"你真的很大方,李奇。"

"但是我今天得到答复。"

"我明白了,谢谢你。"

李奇点点头,走了出去。

凯西走到旁边坐下。

"他人真的很好。"席佛说。

"嗯。你呢,感觉怎么样?"

"程度适中的尴尬。"

"摄影师会把你从影片里剪掉。"

"我还说不想引人注意呢。"

凯西笑了笑,将杯子递给他:"不知道你想引人注意的话会怎么做呢?"

席佛笑着吞了一大口,喉咙随即一哽,用力咳嗽到全喷了出来。

"妈呀,这是什么玩意儿?"

"伏特加,加了冰块。"

他干咳两下,烧灼的喉咙让他不停地喘气:"我的天,凯西,五分钟之前我还是个失去意识的人哪。"

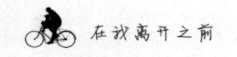

"我知道啊，所以觉得你应该提提神。"

给伏特加这么一刺激，席佛眼睛都是泪，在朦胧中望着凯西问："为什么？"

"因为做决定的时间到了。"

"是说我还是说你？"

凯西正色望向他，他从那眼神中看见了女儿有多坚强："都是。"

他将女儿的手拉向自己："我一直很想你。"

"什么时候？"

"一直都想啊。"

他感觉到女儿的身体微微颤抖，仔细一看，竟发觉她哭了。

当个好一点的男人。

当个好一点的爸爸。

去恋爱吧。

此时此刻，席佛终于明白这些其实都是同一件事，全都紧密相联，关键就在于自己不配拥有、却正坐在旁边陪伴着的这个年轻漂亮的女孩。她的泪水在礼服上留下一道浅浅的水痕。

"你知道吗？我认识你妈的时候，她也是伴娘。"

凯西好奇起来："我不知道。通常孩子不会问离婚的父母这些事吧。"

"那你想听吗？"

女儿将头靠在他肩膀上。"当然想啊。"她的声音清脆但温柔,好像又回到七岁的时候。

席佛告诉她那段往事。故事说完以后,他们一起做了决定。

55

席佛坐在鼓组后面,打算先来个暖身。他架起两个低音鼓,通常他只是想要流流汗的话就会这样安排。他先打着普通拍,三不五时加入一些变化,享受着鼓棒在鼓皮上敲击出的咚咚声。快速移动的手变化为一团影子,左手行云流水地在小鼓间来回,右手则在铙钹上打出不同的一段节奏。席佛随性地变化节奏,三个小节前就已经开始酝酿,进入渐强的部分,让鼓声诉说自己的故事,然后一瞬间又跳脱出来,将那节奏留在脑海中,先敲了一段华丽复杂的变化,然后天衣无缝地接了回去。他可以像这样打鼓打上好几个小时,不需要音乐,也不需要听众,只有他自己与节奏就够了。耳鸣其实就是源自于他常年听着铙钹的声音,但如今却又只有打鼓才能掩盖过那嗡嗡声。

他越打越狂热,直到进入所有声音都消弭无踪的境界,整个人融入节奏之中。只有在这一刻,席佛才找到平静。他更激烈地敲打,体验每一次敲击的触感,将每个声音都内化到全身的细胞里。因为,他怀疑这会是最后一次打鼓。

这样的念头几乎快把他给逼疯了。他通常会在下午五点钟走到公寓外,与之前这七年来一样。可是明天这个时候,说不定他已经死了。再过一个星期,这间公寓会重新油漆,下一个浑蛋入住,同样在每天晚上听着外头公路上车子经过的声音,入睡时悄悄告诉自己这悲惨时光会很短暂,即将过去。凡尔赛宫就是这样,人来人往,不断流转,而他不禁想象着两个老朋友还是继续坐在游泳池边,杰克依旧偷看大学女生,奥利弗则又睡着了,他们中间空了一个位子,用来纪念他。

夕阳西下,他开始散步,空气带着一点点寒意,虽然微弱到几乎难以察觉,席佛却知道天要转冷了。他对经过身边的人点头、打招呼、报以微笑,压抑着内心的感伤。也许是希望有人记得自己吧,他暗忖,但想象着没有人记得自己的画面,又令他恐慌起来。决定要活下去以后,却开始害怕自己会死,对每一次心跳斤斤计较,忧虑动脉是不是要撑不住了,然后血液会从心脏涌向其他器官。忽然间,他意识到自己今天没刮胡子,接着又怀疑殡葬业者会不会帮尸体刮胡子,烦恼起带着胡楂死去是不是很不体面。

在走到闹区之前,他转了个弯,这一区都是两户连在一起的房屋。莉莉坐在院子里等他,旁边有一只老狗。看见席佛以后,她露出微笑,虽然不是他期待以后可以看见的灿烂微笑,但也已经够温暖,使他感到满足。

"嘿。"她先打了招呼,然后走下小阶梯。

席佛考虑着两个人的关系是不是已经进展到可以用接吻当开场,迟疑一阵以后,猝然想起自己也许明天就会死,索性靠上去温柔但坚定地往她嘴唇一贴。他感觉到莉莉微微张开双唇,便明白自己的选择没错,所以他停留好一会儿,直到两人需要换气。

莉莉好奇地看着他:"什么事情让你这么兴奋?"

"我不想死了。"

"很好,我觉得'会呼吸'也是男人必备的条件之一呢。"

"我不能待太久。只是想告诉你,我要动手术了,可我还是忍不住一直想你。"

她点点头,然后牵起席佛的手:"或许我们才刚认识不久,不过呢,你去医院会有人陪着吧?"

他再次觉得自己果然没看错人。能在这件事情上做对选择真好。"有,"他回答,"会有人陪着。"

"那就好。总之,需要帮忙也可以找我。"

"谢谢。不过我猜这件事得要我自己去面对。我今天过来主要是想跟你说,接下来的几天我大概没办法打电话吧,不过如果你愿意接,等我可以下床就打给你。"

莉莉又露出很亲切的笑容:"当然愿意啊。"

"好。"

他又吻了莉莉,莉莉的手指轻轻拂过他的脸颊,席佛觉得好像重获新生一样。他退了一步,拉着莉莉的手掌轻吻着,样子有点笨拙,吻完又退后一步。她笑了起来:"你真的不太懂怎么和女生相处是吧?"

"可能吧。又或者这就是我和女生相处的方式。"

"好吧,总而言之,这招其实还挺有效的。"

席佛笑了笑,将她的模样记在心底。其实,他并不怎么了解莉莉,也不知道两人之间的火花会烧得旺一些,还是悄悄熄灭，当然也有可能他明天就断气了，所以根本不会有下文。但至少此时此地，他认真地陷入爱河，这份感受就像是个神迹。

"喂——"席佛转头已经要走了，莉莉却忽然叫住他，"你应该不会有事吧？"

他转身微笑："我的计划是这样没错。"

56

要动心脏手术之前，得先把他鼠蹊部的体毛剃干净——席佛可没料到这一点。他躺在病床上，任由一个亚裔护理帮他剃毛，先是电动剃刀，再来是抛弃式刮刀。总觉得这过程有点丢脸，尤其护理师居然戴着手术面罩，也防护得太极端了吧。当然，因为不知道对方究竟长什么样子，所以倒也不那么介意了。

席佛靠在枕头上，开始数自己的心跳。昨天看着前妻嫁人，今天那位新郎就要以内视镜对导管插进他才刚剃干净的鼠蹊部，并一路引导至出问题的主动脉，找到正确位置后，放上支架。只要步骤无误，席佛的命就能够保住；但若出了差错，席佛恐怕无法撑过这次手术。而他昨天夜里还很笨地上网去查资料，发现这手术的致死率居然高达三成，听起来真的很高。

在这节骨眼上，席佛肯定自己今天就会死。他克制不住地颤抖，虽说这也许是因为下半身暴露在冰凉的无菌空气中。席佛怀疑这是不是上天给他的责罚，可望向天花板却找不到上帝的踪影，但他还是发自内心简单迅速地祷告了一下，希望上帝可以明白他想要变得更好的信念。

停车场里,凯西坐在自己的车上,两条腿不安分地晃动着。她看看手表,暗忖爸爸那边应该做好术前准备了吧。昨天晚上,她进了席佛的房间,看见父亲侧躺着,身体明显在发抖。

"你还好吧?"她问。

"对不起。"他却这样回答。

凯西躺在他身边,伸手抱住父亲,试着安慰他。"别担心,爸,"她说,"不会有事的。"看见他还会害怕死亡,其实凯西心里有点高兴,觉得这象征着希望,只不过也让人有点难过。

她深呼吸一口气,望向车窗外。今天天空有点阴暗,挡风玻璃上已经有几滴雨水。待会儿就会下起大雨吧。她闭上眼睛,任由一滴泪滑过。

李奇走进来,已经换上了手术服,他检查了席佛的状况。

"他们把我的毛给刮掉了。"席佛抱怨着。

"整个鼠蹊部都要剃干净啊。"李奇看着记录表,"欢迎。你准备好了吗?"

"还没。"

"无所谓,我准备好了,假如只有一个人能准备好的话,也该是我才对。"

席佛听了露出笑容:"你很有自信嘛。"

"没自信怎么做这行。"李奇放下记录表,笑了笑,"麻醉师再过一会儿就会准备好了。"他拍拍席佛的肩膀。

"那个……李奇……"席佛开口。

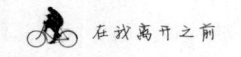

"嗯?"

"我不想死了。"

李奇点点头,笑得很温暖:"很高兴听到你这么说。"

凯西握着方向盘,看着一群鹅从旁边飞过。她将手汗抹在皮椅上,熄了引擎。时候到了。一下车,她就感觉到湿气从毛孔钻进身子里。远方隐隐传来雷声,她听了却觉得镇定许多。今天如果出大太阳的话,反而叫人难以承受。

锁了车子以后,她穿过停车场,猛然停下脚步,因为她看见狄妮丝站在诊所门口,显然是在等自己。

"嗨。"狄妮丝开口。

"你不是应该在医院才对吗?"

狄妮丝的眼神流露出无比温柔,令凯西不由得担心自己会在路旁融化:"席佛要我代替他来。"

凯西思考了一下:"他应该不会有事吧?"

"我想不会吧。"狄妮丝挽着凯西,在女儿脸上亲了一下,"你准备好进去了吗?"

凯西将头枕在母亲肩膀上,深呼吸一口气,接着握住母亲的手一起跨过门槛。

麻醉师是个安静消瘦、头发有些花白的男子,席佛看着他,觉得还蛮安心的。他在旁边准备了几瓶点滴,低低地哼着歌。

杰克与奥利弗进来探视最后一次。奥利弗低声讲着话,杰克却是焦躁地走来走去,每个设备都要碰一下。

"你能不能先站好?"奥利弗说,"这样子大家都会很紧张。"

"抱歉,我一到医院就会这样。"杰克说,"你确定可以应付得来?"

"没事的。"席佛说,"其实我什么都不用做,结束了之后,他们会叫醒我。"

"别死就对了。"杰克又说。

奥利弗转头,满脸不可置信地瞪他一眼:"你的建议可真好啊,杰克,我说你何不先下楼去?"

杰克点点头,本来转身要出去了,却又猛然转回来,走到席佛面前,倾身以唇在他额头上轻轻点了一下。

"看样子我真的快死了。"席佛笑着说。

"去你的。"

"到另一边我也会等你啦。"

"好吧。"

杰克又看了他好一会儿,才突如其来地转身冲出去。奥利弗笑得很无奈:"他太担心你了。"

"我知道。"

"我可不打算亲你哦。"

"我感激不尽。"

奥利弗拍拍他的腿:"那我们就去楼下等啰。"

席佛一下子情绪激动起来,只能别过脸,让奥利弗自己出去。

后来他连人带床被推上走廊,父亲、母亲分别在左右两边,好像当年在婚礼上送他进场一样。伊莲低头对他微笑,可是眼睛周围劳累的痕迹很明显。卢本低声祷告,席佛不用仔细

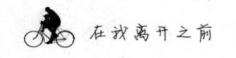

听也知道是《诗篇一二一》，他父亲最爱引用来当作祷告词的章节。

席佛能够感觉到轮子在地板上滚动，经过亚麻地板接缝时就会微微地颠簸。

到了走廊尽头，他的父母无法继续陪同。伊莲弯腰亲了他，强忍着泪水说："要好起来。"

他微笑道："一定。"

父亲祷告完，也亲了下他的脸颊，而席佛看得出父亲也快要洒泪了。"对不起，"他开口对父亲说，"之前很多事都没做好。"

"你不会有事的。"

"他在吗？"席佛问。

卢本望着他："谁？"

"上帝啊。"

父亲笑道："他一直都在附近啊。"

护理师将席佛推过双扇门。虽然他无法看见后头的景象，却知道父母亲靠在一块儿，目送他这个儿子进入手术室。

进入手术室后，在有人帮席佛盖上面罩之前，他先趁机看了看这充满金属仪器的无菌室。对某些人而言，这里可能是他们这辈子见到的最后一个地方。他暗忖：医院为什么不将手术室设计得漂亮一点，增添几丝暖意呢。

面罩盖了下来，李奇站在旁边。

"还好吗，席佛？"

他点点头，反正也没办法讲话。

李奇朝他胸口轻拍了拍："好,那就待会儿见了。"

麻醉师不知什么时候进来的,调整着在席佛头旁边的仪器按钮。"深呼吸。"他吩咐。手术室突然变得忽明忽暗,接下来便沉入深幽的黑暗之中。

忽然间,他站在曾经与凯西和狄妮丝一同居住的那栋小房子外面。他低头一看,自己赤脚踏在刚洒过水的草坪上,脚趾传来沁凉湿润的触感。两只鸟从头顶掠过,更高的地方还有架飞机,因为已经飞远了,所以听不到声音,只在天空留下一道喷射云。

笑声传来,回头一看,是六岁大的凯西在后院跑来跑去。

"你在这里!"女儿的声音很兴奋,"抓到了!"

"对啊,你抓到了。"他微笑道。

"换你了。"她说,"跟我来。"

"去哪里?"

女儿表情有点不耐烦,好像觉得爸爸故意跟她开玩笑:"去荡秋千啊。"

她穿着红T恤、白短裤,腿很纤细,有些小擦伤,脚上套着一双白拖鞋。她喜欢穿拖鞋,尤其喜欢走路时拖鞋发出啪嗒啪嗒的声音。席佛想起来了,全部想起来了。

他甚至知道自己并不真的住在这时间、这地点,只是意识不知怎地到了这儿来。他看得见草地上的水珠,看得见房子的白色外墙渐渐染上脏污,也听见附近的孩子们骑着脚踏车朝彼此大声嚷嚷。远处传来的音乐声,是冰淇淋餐车的广告歌。

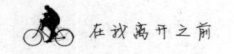

"爹地?"

她叫自己爹地呢。当然啦。他本来就是爹地。

"怎么啦,宝贝?"

"快点嘛!"

女儿沿着房子绕到后面,带着父亲穿过小玫瑰花园,花朵在夕阳下闪着橘色光芒。席佛心想自己是不是已经死了,小女孩是来指引他进入下一个世界。或者,她是指引自己回去也不一定。无论如何,他知道自己这一次不会再跟丢了。

于是席佛追了上去,牵起女儿的手,感受着她的手指下意识地紧紧钩着自己。她抬起脸,露出微笑,席佛也笑了。

"走吧。"他说。

致谢

我由衷感激：

妈妈与爸爸，你们永远守候着我，尤其是现在。Ben Sevier，谢谢你的耐心与指导——这回你的薪水可是领得理直气壮。Simon Lipskar，谢谢你的专业技术、敏锐眼光与一直以来的支持。也谢谢 Kassie Evashevaki、Tobin Babst、David Park 以及 Fred Tozeke 在出书过程中的协助。感谢慷慨又充满才气的 Laura Dave 与 Josh Singer 给我的友谊与建议。还有 Abraham Schreiber 医生提供的医学咨询，以及 Greg Yaitanes 为我拍摄的照片。